로크미디어가
유혹하는
재미있는 세상

ROK
MEDIA
로크미디어

이것이 삶이다

이것이 법이다 40

2018년 8월 9일 초판 1쇄 인쇄
2018년 8월 14일 초판 1쇄 발행

지은이 자카예프
발행인 이종주

기획 팀 이기헌 왕소현 박경무 이승제
책임 편집 최전경

발행처 (주)로크미디어
출판등록 2003년 3월 24일
주소 서울시 마포구 성암로 330 DMC첨단산업센터 3층 318호, 319호
Tel (02)3273-5135 **Fax** (02)3273-5134
홈페이지 rokmedia.com **E-mail** rokmedia@empas.com

ⓒ 자카예프, 2015

값 8,000원

ISBN 979-11-294-0823-5 (40권)
ISBN 979-11-255-9575-5 04810 (세트)

이것이 법이다

40

자카예프 장편소설

로크미디어

CONTENTS

목메달이다, 진짜

사람이 일으키는 사건들은 여러 가지가 있다.

그중에서 가장 큰 사건을 뽑으라면 아마도 대부분 살인을 선택할 것이다.

사람이 사람을 죽인다는 것.

그것은 무척이나 잔인하고 또 극단적인 범죄이기 때문이다.

—이번 사건은 아내가 남편을 살해한 사건으로…….

노형진은 뉴스를 보면서 혀를 끌끌 찼다.

"세상이 어찌 되려고 이렇게 막장인지 모르겠다."

"언제는 막장 아니었나?"

"그건 그래."

어느 나라나 자기가 막장이라고 생각한다고 하지만 솔직히 요즘은 더 막장이 되어 가고 있다.

'미래보다는 덜 개판이지만.'

노형진은 그걸 보면서 얼굴을 찌푸렸다.

그럴 수밖에 없는 것이, 지금과는 비교도 하지 못할 정도로 개판이 될 거라는 걸 알고 있기 때문이다.

물론 막고 싶은 것도 사실이다. 그러나 자신의 힘으로는 그걸 막을 수가 없다.

자신보다 훨씬 거대한 대기업들도 휘청거릴 정도로 개판인데 어찌 막겠는가?

'내가 아무리 돈이 많아도 개인이란 말이지.'

그러니 그로서도 할 수 있는 데에는 한계가 있다.

"그나저나 왜 죽인 걸가?"

"글쎄, 가족이 가족을 죽이는 경우가 워낙 많아서 말이지. 보통은 불화나 재산 싸움이지."

"그런가?"

손채림은 고개를 갸웃했다.

그 와중에도 텔레비전에서는 변호사가 의뢰인의 억울함을 주장하고 있었다.

─이번 사건은 명백하게 잘못된 수사입니다. 경찰은 답이 정해져

있는 상태로 접근하고 그에 맞추어서 수사를 진행하고 있습니다.

그걸 보던 노형진은 텔레비전을 꺼 버렸다.

"자, 쉬는 시간은 그만. 점심시간 끝났다. 일하자."

"우우……."

"우우는 무슨."

"변호사실에만 텔레비전 두는 건 너무해."

"그러면 너도 변호사 하든가."

"더러워서라도 변호사 따야 하나."

"제발 좀 그래라. 나 과로사하겠다."

키득거리면서 다시 일에 집중하려고 하는 노형진.

그런데 때마침 인터폰이 울리면서 노형진을 호출했다.

"네, 노형진 변호사입니다."

─아, 노 변호사. 나 송 대표일세.

"네, 대표님. 어쩐 일이신지요?"

─자네, 바쁘지 않으면 내 사무실로 와 주겠나?

"그러지요."

노형진은 그렇게 이야기하고 바로 자리에서 일어났다.

노형진과 송정한은 같은 건물에 있기는 하지만 층이 다르기 때문에 잠깐 움직여야 했다.

"어디 가?"

"송 대표님이 와 달라네?"

"또 뭔 일을 시키려고?"

"그런가?"

"그래. 너만 부르면 꼭 사건 떨어지더라."

"로펌이니 당연하지."

"아…… 비상근무 준비해야겠구먼."

벌써 투덜거리면서 자신의 자리로 돌아가는 손채림을 보면서 노형진은 피식 웃으며 엘리베이터를 타고 송정한의 사무실로 향했다.

"들어가겠습니다."

노형진은 문을 두들기고 안으로 들어갔다.

익숙한 사람이 가운데에 있는 테이블에 앉아서 기다리고 있었다.

'이 사람은?'

처음 보는 사람이다. 하지만 그 얼굴은 알고 있다.

아니, 알 수밖에 없었다.

방금 전만 해도 텔레비전을 통해 얼굴을 보던 변호사가 아닌가?

"자, 들어와서 앉도록 하게."

"노형진입니다."

"백학규입니다."

백학규와 노형진은 명함을 주고받으면서 인사를 했고 송정한은 그런 두 사람에게 자리를 권했다.

"사실은 말이야, 외부에서 도움 요청이 들어왔네."

"살인 사건 말씀이시군요."

"어떻게 아나?"

"방금 그 뉴스를 보고 있었습니다. 백 변호사님 얼굴이 나오고 있더군요."

백학규는 왠지 머쓱한 얼굴이 되었다.

사실 생방송도 아니고 녹화된 영상이니 이렇게 만나는 것도 가능하기는 하다.

"그런데 그 사건은 우리가 수임한 게 아니지 않습니까?"

"압니다. 하지만 솔직히 제 실력의 한계를 느끼고 있습니다. 피고인을 위해서라도 이건 제대로 해결해야 할 것 같아서요. 그래서 의뢰인을 설득해서 새론에 부탁해 보려고 온 겁니다."

"그래요?"

"네."

보통 변호사들은 다른 변호사와 공동으로 작업하는 것을 싫어한다. 수임료를 나눠야 하기 때문이다.

그런데 자신이 설득하다니.

'제대로 된 변호사 같기는 한데.'

노형진은 그렇게 생각하면서도 한편으로는 이상하다는 생각이 들었다.

'그렇다면…… 진짜로 억울하다는 건가?'

진짜로 억울하지 않다면 다른 변호사에게까지 사건을 맡기려고 하지는 않을 것이다. 그렇다면 진짜로 억울하다는 것인데.

"솔직히 뉴스에서 나온 것만 기준으로 판단하기는 좀 그렇습니다만, 우리가 봐서는 살인 혐의를 벗기 힘들다고 보입니다만?"

"압니다. 그래요. 상황이 그렇지요. 하지만 진짜로 억울하다고 이야기하고 있습니다."

"그거야 다 그렇게 주장합니다."

"내 생각에는 진짜 억울한 모양이야."

"네?"

송정한이 끼어들어서 설명해 주자 노형진의 시선이 그쪽으로 향했다.

"자발적으로 거짓말탐지기도 하고 우리 쪽 프로파일러도 불러서 판단도 했다네."

"그래요?"

"그래. 하지만 거짓말탐지기는 아직까지 법원에서 인정되는 것이 아니고 프로파일러 쪽도 아무래도 민간이라고 인정을 안 해 줘. 하지만 양쪽 다 무고하다고 나오더군."

"흠."

무고한 살인죄를 뒤집어씌우는 경우가 없는 게 아니기 때문에 노형진은 일단은 신중하게 접근하기로 했다.

"자세한 이야기를 좀 들어 볼 수 있을까요? 주장만으로 무조건 누군가의 말을 인정할 수는 없어서요."

"그러지요."

백학규는 차근차근 설명해 주기 시작했다.

"의뢰인인 남주미 씨는 사실상 팔려 가다시피 결혼했습니다."

"네?"

남주미는 살인자라고 불리는 그 아내다. 그런데 팔리다시피 결혼하다니?

"사실은 남주미 씨의 집이 남편인 남궁선태 씨의 집에 큰돈을 빌렸습니다."

사업을 할 때 빌렸다.

그건 좋았다. 아마도 사업이 잘되었다면 그건 문제없이 해결되었을 것이다.

그런데 너무나도 흔한 이야기처럼, 급속도로 사업이 망해 버렸다.

"그 후에 남주미 씨의 집은 빚을 갚을 여력이 없어 보였지요."

"그래요?"

"네, 그런데 그쪽에서 남주미 씨 집에 결혼을 요구했다고 합니다."

"네에?"

노형진은 고개를 갸웃했다.

그럴 수밖에 없는 게, 일반적으로 그런 상황이면 대부분의

목메달이다. 진짜 15

집들이 결혼은커녕 기존에 있던 부부도 이혼시키려고 성화하기 때문이다. 그런데 결혼시키려고 하다니?

"그 전에는, 남주미 씨는 남궁선태 씨를 본 적도 없었지요."

당연하다.

남궁선태의 나이가 45세, 남주미의 나이가 30세다. 띠동갑도 훨씬 넘어가 버리는 차이다.

"남주미 씨라고 했지요? 그쪽에서는 거절할 수가 없었겠군요."

"네."

빚의 단위가 천도, 억도 아닌 15억이다. 그러니 재기 불가능한 상황의 남주미 집안에서는 거절할 수가 없었다.

"그것까지는 이해하겠네요. 사이도 안 좋았다면서요?"

"네, 좋을 수가 없죠. 남자 쪽도 강제로 한 모양이었으니까."

"그런가요?"

"네."

경찰의 입장에서도 사이가 안 좋은 그들이 결혼했으니 자연스럽게 살인이 벌어질 거라 생각했을 것이다. 그래서 살인을 했다고.

너무나 당연한 순서다.

"말이 결혼이지, 사실상 각방 생활을 했습니다. 사이가 안좋다고 하기는 하지만 남주미 씨 말로는 으르렁거리는 사이는 아니었다고 하더군요."

"으르렁거리는 사이는 아니다?"

"네, 표현을 하자면, 데면데면한 그런 사이? 신혼여행 이후에 관계도 딱히 없었고요."

"네? 잠깐만요, 결혼한 지 3년이라고 들었는데요?"

"네."

"그런데 섹스리스라고요?"

섹스리스란 부부 관계에서 성적 관계가 없는 것을 말한다.

대화는 하지만 상대방에게서 성적인 뭔가를 느끼지 못해 벌어지는 일이다.

보통은 서로 오래 지내면서 익숙해져서 그런다지만.

'하지만 신혼여행을 갔다 와서 바로 섹스리스라고?'

그건 이해가 가지 않는다.

감정이야 어찌 되었건 남자의 입장에서는 그 당시 20대의 파릇파릇한 여자가 신부가 된 셈이다.

그런데 그냥 넘어간다? 매일 밤? 친해지려는 시도나 관계에 대한 시도도 없이?

"남자가 고자였나요?"

"그건 아니라고 합니다."

"헐."

"하여간 남편도 입버릇처럼 그랬다고 하더군요. 이혼해 달라면 해 주겠다고. 미안하다고."

"그런데 왜 이혼을 안 한 겁니까?"

"빚이 탕감된 게 아니니까요."

계약서상 빚의 이율은 연 10%.

즉, 이자만 매년 1억 5천을 갚아야 한다.

망해 버린 남주미의 집안으로서는 불가능한 일이었다. 일반인도 연봉이 1억이 넘어가면 상위 2% 안에 드는데 말이다.

"결혼 생활을 하는 동안에는 이자도 면제 그리고 원금 상환도 면제."

"그래서 이혼을 못 했군요."

"네. 그래서 두 사람의 사이를 보자면, 소 닭 보듯 쳐다보는 관계였다고 하더군요."

"소 닭 보듯 쳐다본다. 부부 관계에서는 특이한 경우군요."

"그렇지요. 심지어 남궁선태는, 남주미의 나이가 아직 어리니까 남친이라도 만들고 다니라고 했답니다."

"네? 뭔 개 같은 소리래요?"

"그러니까요."

남주미야 그냥 관계가 데면데면하니까 농담 삼아 한 말로 받아들였지만 말이다.

"남주미 씨가 친해지려고 하기는 했지만 거리를 둬서 그것도 안 되었고요."

"일단 결혼 생활에 대해서는 알겠습니다. 그런데 왜 갑자기 살인으로 돌변한 겁니까?"

그렇게 데면데면하고 서로 관심도 안 두는 관계였다면 살인까지 갈 이유가 없다.

살인이라는 것은 분노이고, 남녀 관계에서 분노라는 것은 결국 두 사람의 관계가 틀어졌을 때 생기는 건데, 이건 관계라고 할 수도 없는 미적지근한 사이 아닌가?

법적으로만 부부일 뿐이지, 남만도 못하다.

"그게 문제입니다."

나갔다가 들어왔는데 살인이 났다.

집에 와 보니 남편이 목이 졸려서 죽었다.

그래서 경찰에 신고했는데, 그다지 사이가 좋지 않다는 주변의 말에 따라 수사가 시작되어 자연스럽게 혐의는 아내 쪽으로 끌려갔다.

"단순히 신고했다고 혐의가 그쪽으로 간 것 같지는 않은데요."

"끈에서 남주미 씨의 유전자가 발견되었습니다."

"끈에서요?"

"네. 그런데 그 끈이 집에 있던 끈이니까 당연하지요."

"그렇게 변론을 하시면 되지 않습니까?"

"했지요. 하지만 경찰은 아예 그쪽으로 확신하고 있습니다."

"흠……."

경찰이야 일하기 쉽게 하려고 하는 것도 있으니 그렇다고 쳐도, 노형진은 이해가 가지 않는 것이 있었다.

"그러면 알리바이를 대면 되지 않습니까?"

상식적으로 바깥에 나갔다 왔다고 하면 알리바이를 대면

그만이다.

　그러나 아직까지 그 알리바이를 대지 못하고 있다.

　"그게……."

　"말씀해 주셔야 합니다. 의뢰인을 지키고 싶으시다면서요?"

　"이건 기밀입니다. 절대로 외부에 공개되어서는 안 됩니다."

　"알겠습니다."

　"사실은 남친을 만나고 왔답니다."

　"남친? 잠깐, 남친요?"

　"네."

　"끄응……."

　노형진은 머리를 부여잡았다.

　백학규 변호사가 그 알리바이를 말하지 않은 이유를 알 것 같았다.

　'미친……. 말해 봐라, 무슨 꼴이 나나.'

　안 그래도 의심을 받고 있는데 경찰이 색안경을 끼고 볼 것은 당연한 일이다.

　더군다나 그 남친이 그냥 남자 사람 친구가 아닌 것은 너무나도 확실하게 알 수 있었다.

　"그래도 그 부분에 대해 언론에 공개는 하지 않더라도 경찰에는 말해야지요."

　"증거가 없습니다."

　"증거가 없다고요?"

"네. 불륜이라고 하는 거…… 아시지 않습니까?"

"그렇겠네요."

철저하게 모든 걸 조심하면서 걸리지 않게 하는 것이 불륜
이다. 그러니 당연히 제대로 증거를 남길 리 없다.

"남자 쪽은요? 그래도 진술이라도……."

"도망갔습니다."

"얼씨구."

언론에 사건이 공개되고 부담이 되자 냅다 도망가서는 연
락이 안 된다는 것이다.

"그래서 증거도 없고 증인도 없고……."

"골 때리는군요."

"네. 물론 남주미 씨가 바람을 피운 건 잘못된 것이기는
합니다만……."

사실 3년이나 관계가 없고 남편은 친해질 의사조차 없으
며 도리어 바람피우라고 공공연하게 말할 정도면 바람을 안
피울 사람이 있을까?

"그래서 사건을 해결하려고 하는데 경찰은 이미 답을 정해
두고 그쪽으로 수사하는 느낌입니다. 문제는, 증거가 다 그
쪽으로 향하고 있다는 거죠."

평소의 나쁜 관계, 유전자가 나온 끈 그리고 바람피운 흔적.

"설마 보험도 있나요?"

"네, 보험도 있습니다. 한…… 30억……."

"아주 대놓고 내가 죽일 거라고 자랑하는 수준인데요?"

"그러니까요. 그나마도 남편이 들자고 해서 든 거랍니다."

"증명할 방법은?"

"없죠."

보험 든 지가 2년이 넘었는데 그런 증거가 남아 있을 리 없다. 보험 설계사도 기억을 하지 못하고 말이다.

"아주 '나 살인하겠습니다.' 하고 자랑한 꼴인데……."

"그래서 이상한 겁니다. 남주미 씨가 그렇게 바보는 아니 거든요."

"그렇겠지요. 바보면 뭐든 증거가 남았을 겁니다."

"네?"

"불륜의 증거가 없다면서요? 그렇다는 건 증거가 남지 않게 조심했다는 뜻이지요. 바보는 그렇게 못 합니다."

상식적으로 모텔에만 가도 그 영상이 찍히는 게 현실이다.

만일 증거를 남기기 싫다면 여러모로 다른 방법을 찾아야 한다.

즉, 남주미에게 그 증거가 없다는 것은, 최소한 그녀가 멍청하지는 않다는 소리다.

"상식적으로 남주미 씨가 살인할 이유가 없지 않습니까?"

"그건 그러네요."

이혼을 해 달라고 하면 해 준다고 했다.

관계는 없지만 그래도 남주미의 상황을 이해하고 모른 척 그 관계를 이어 간 것도 남궁선태다.

사실 남주미의 입장에서는 남궁선태가 살아 있다고 뭐가 나빠질 것도 없다. 그런데 살인이라니.

'이런 경우는 살인하는 이유가 극단적인 뭔가 때문인데……'

하지만 이 사건에는 그 극단적인 이유가 존재하지 않는다는 것이 문제.

"우리한테 말씀하신 게 답니까?"

"네, 관련 증거를 가지고 왔습니다만…… 제 능력으로는 이걸 해결할 수가 없을 것 같아서 말입니다."

심적으로는 분명히 그녀가 억울하다는 걸 알겠는데 백학규의 능력으로는 그걸 증명할 방법이 없었던 것이다. 그래서 다른 사람의 도움을 받으려고 하는 것이고 말이다.

"자네가 도와줄 수 있나?"

"글쎄요……. 솔직히 이건 애매한데요."

노형진이 새론에 있는 이유는 자신의 변론 스킬을 다른 사람에게 가르치기 위해서다. 그 덕에 새론의 실력은 상당히 높은 것으로 유명하다.

하지만 백학규는 새론 소속이 아니다.

"만일 그런 게 문제가 된다면 제가 물러나지요."

"네?"

"변론에서 물러나겠습니다. 그러면 부담 없이 하실 수 있 겠지요?"

"그건 그렇지만……."

노형진은 그렇게 말하는 백학규를 바라보다가 마음을 강하게 먹었다.

"그냥 같이하시죠."

"네? 하지만……."

"애초에 새론에서 이런 식으로 교육하는 것은 더 많은 사람들에게 공평한 변호의 기회를 제공하기 위해서입니다. 상대방이 못된 변호사라면 모르겠지만, 백 변호사님 같은 분이라면 충분히 배우셔도 됩니다."

"그렇게까지 말씀해 주신다면야……."

"그렇다고 해서 뭐가 바로 해결되는 것은 아닙니다. 일단은 우리가 그 사건을 판단하고 제대로 이해해야 하니까요."

"가능하면 서둘러 주십시오."

노형진은 고개를 끄덕거리는 것 말고는 방법이 없었다.

⚖

"이거, 참…… 애매하네."

노형진은 몇 번이고 사건 기록을 살폈다. 그러나 그럴수록 도리어 이해가 가지 않는 사건이었다.

살인할 이유도 없는 데다가, 살인의 방식도 이상하고 말이다.

'애초에 남자의 목을 졸라서 살인하려고 하는데 남자가 저

항도 안 하고 그냥 기다린다는 건 말도 안 되는 소리지.'

거기에다 당사자는 집 바깥에 있었다. 그러니 누군가가 집 안에 있었야 하는데 그 '누군가'가 없다.

"흠……."

노형진은 머리를 벅벅 긁으면서 다시 처음부터 보고서를 읽기 시작했다.

"아직도 읽어?"

"그래야지. 사건이 사건인 만큼 말이야."

"거참…… 그냥 쉽게 해결하면 좋은데."

"상황이 너무 이해가 가지 않아서 그래. 살인할 이유가 없잖아?"

"그러면 누군가 다른 사람이 죽였다는 거잖아?"

"그렇지."

"그러면 그 사람을 잡아야 하지 않아?"

"그건 그런데, 문제는 방향을 알아야 추적이 가능하지."

"방향?"

"그래."

일단 살인으로 남궁선태가 죽은 것은 부정할 수 없는 분명한 사실이다. 자신들에게 남주미가 의뢰한 이상 그의 보호를 위해 범인을 잡아야 한다.

문제는 방향성.

"누가, 왜 죽였는지 알아야 하는데."

말을 들어 보면 남궁선태는 착한 사람이라고 할 수 있는 사람이다.

비밀도 많고 알려지지 않은 사람이라고 하지만, 그래도 기본적으로 나쁜 사람은 아닌 듯하다.

그럴 수밖에 없는 게, 아무리 착하다고 해도 결혼까지 한 아내를 그냥 놔주고 바람피우라고 하는 사람은 없다.

즉, 뭔가 자신과 맞지 않는다는 것을 알고 그게 절대로 해결되지 않는다는 것도 아는 것이다. 그러니 그런 소리를 한 것이다.

'맞지 않는다?'

순간 뭔가가 노형진의 머리를 스치고 지나갔다.

맞지 않는다는 그 말.

그게 과거에 있었던 희귀한 사건을 생각나게 만든 것이다.

"잠깐만."

"응?"

"그 살인에 동원된 것이 뭐였지?"

"끈."

"그래, 끈이라고 했지?"

노형진은 사진을 뒤적거려서 증거 목록이 찍혀 있는 사진을 꺼내 들었다. 그리고 그 안에 있는 살인 물품을 보고 살짝 눈을 찡그렸다.

"왜 그래?"

"아니…… 이 사진 내에 살인 품목을 봐."

사진을 건네주는 노형진.

손채림은 그걸 받아서 보고는 고개를 갸웃했다.

"그냥 끈이잖아?"

"그래, 끈이지. 정확하게는, 커튼을 묶을 때 쓰는 장식 끈."

"그래서?"

"너 같으면 사람을 목 졸라 죽이려고 할 때 장식 끈을 쓰 겠어?"

"다급할 수도 있잖아?"

"다급? 너도 현장 봤잖아? 도대체 어떤 부분에서 다급함 이 느껴지는데?"

"흠…… 확실히 그렇기는 하네."

다급함이라고 하면 피해자가 저항하든가, 아니면 저항은 하지 않더라도 빨리 죽이고 도망가야 하는 상황이어야 한다. 그러니 다급한 흔적이 보여야 한다.

그러나 그런 부분은 없었다.

"더군다나 재질도 문제야."

"재질?"

"그래. 누군가를 살인한다고 생각해 봐. 그런데 주변에 가 득한 선들을 두고 굳이 장식용 천을 가지고 올까?"

"응?"

"주변을 봐 봐. 현대에 얼마나 많은 선들이 있어?"

간단하게는 핸드폰 충전기부터 가전제품 전기선까지, 넘치는 것이 전선들이다.

"냉장고 선 같은 건 빼내는 게 무리일지도 모르지. 하지만 텔레비전이나 다른 제품들은 선이 탈착식이라고."

그냥 강하게 당기기만 하면 빠진다.

아니, 굳이 그럴 필요도 없이 바로 옆에 있는 핸드폰 충전기 선은 그 자체로도 훌륭한 흉기다.

"그런데 왜 굳이 커튼에 있는 부드러운 재질의 끈을 가지고 온 것일까? 거기에다가 상대적으로 커튼의 천은 짧은 거 아냐?"

"그렇지, 짧지."

1미터가 넘는 선도 많이 있는데 굳이 그걸 쓸 이유가 없다. 선이 짧을수록 힘을 주기 힘든 건 당연한 일.

"그러면 뭐야? 목적이 있어서 그걸 썼다는 거야?"

"그래."

노형진은 그걸 이제야 알 수 있었다.

살인이 우연인지 고의인지 알 수는 없지만, 확실히 미리 준비한 것이라는 것.

"도대체 왜? 이유가 없잖아?"

"이유라……."

노형진은 그 이유를 알 것 같았다.

그리고 그의 생각이 맞는다면, 이건 전혀 새로운 방향으로 사건이 흘러가게 될 수도 있었다.

"그리고 그걸 확인해 보기 위해 만나 봐야 할 사람이 있지."

⚖

"변태?"

"네. 아실 것 같은데요?"

광섭진은 노형진을 보고 기가 막혀서 말이 안 나왔다.

"내 이미지는 어디다 팔아먹은 거야? 나 국민 배우라고, 국민 배우."

"하지만 변태이기도 하죠."

"그거야 옛날이야기지!"

"하지만 완벽하게 나아지지는 않았을 텐데요?"

광섭진은 움찔했다.

"설마 의사가 지껄인 거야? 이 망할 놈을······!"

"아닙니다. 하지만 예상은 가능하지요. 그런 이상성욕이 하루아침에 치료될 리 없지 않습니까? 전보다 덜할 수는 있겠지만."

"끄응."

광섭진은 부정할 수가 없었다.

그는 연예인이다. 그것도 아주 유명한.

하지만 과거에 성 접대에 의한 트라우마로 발기부전이 왔고, 유명인이 된 후 제대로 치료를 받지 못하고 있다가 노형진 덕분에 제대로 상담 치료를 받아서 제대로 된 성생활을 할 수 있게 되었다.

물론 이게 외부에 나가면 난리가 나기 때문에 비공식적인 것이지만.

"저희는 그런 쪽은 잘 모릅니다만, 아는 분이 있을 것 같은데요?"

"난 모른다고."

"그냥 이야기해 주시지요. 안 그러면……."

"뭐, 어쩔 거야? 의사라도 끊을 거야?"

자존심이 상한다는 듯 피식 웃는 그였다.

과거와 다르게 이제는 발기가 가능하다. 더군다나 의사의 연락처를 알고 있으니 그가 안 보낸다고 해서 못 만날 것도 아니다.

"본인의 이름으로 사람을 찾아봐야지요."

"내 이름?"

"네. 그러면 누구 하나 걸리지 않겠습니까?"

"크윽……."

광섭진은 이를 박박 갈았다.

물론 그런 것에 걸릴 만큼 바보들은 아니다. 그 변태성욕이라는 것은 철저하게 기밀로 취급해야 하는 것이기 때문이다.

하지만 이 세계에는 지라시라고 하는, 더러운 뉴스를 취급하는 물건이 있다. 그쪽의 귀에 들어가면, 그가 부정해도 당연히 사방에 퍼질 건 뻔하다.

그의 문제에 대해 알 사람은 다 알긴 하지만 쉬쉬하는 것과 퍼지는 것은 다른 문제다.

만일 지라시에라도 올라가면 그걸 시점으로 일반 신문에도 올라간다. 그렇게 되면 그는 끝장난다.

"이런 개자식들."

"그래도 청계보다는 훨씬 착한 겁니다. 청계는 더 무리한 요구를 하지 않던가요?"

"……"

그는 부정할 수가 없었다.

새론에서 요구하는 것은 그저 소개 정도지만 그쪽은 심히 부담스러운 부탁이었으니까.

"알았다, 알았다고. 좋아. 알려 줄 수는 있어. 아니, 물어봐 줄 수는 있어. 하지만 그쪽에서 이야기하기 싫어한다고 하면 나도 방법이 없다고."

"그건 누구라도 방법이 없지요. 하지만 기회 정도는 줄 수 있지 않습니까?"

"끄응……."

"어떻게 하시겠습니까?"

"나쁜 놈."

그렇게 말하면서도 그로서는 방법이 없었다.

"이거 비밀인 거 맞죠?"

"네."

노형진은 눈앞에 있는 여자를 보면서 살짝 놀랐다.

변태가 여러 종류가 있기는 하지만 여자가 변태인 경우는 처음 봤기 때문이다.

'하긴, 여자라고 변태가 없으라는 법은 없지.'

여자도 사람이고 성욕도 있다. 남자가 변태일 확률만큼 여자도 변태일 확률을 가진다.

"주변에 카메라가 있다거나……."

"설마 그렇겠습니까? 의심스럽다면 주변을 찾아보시든가요."

여자는 선글라스를 쓰고 모자와 머플러까지 뒤집어쓰고 있었다. 얼굴을 감추기 위해서였다.

물론 목소리만으로도 그녀가 누군지 알 수는 있었지만, 노형진은 모른 척했다.

남자도 변태라는 게 알려지면 치명적이다. 그런데 여자가 변태라고 하면 그녀의 인생은 분명 끝장날 것이다.

"잠시만요."

결국 불안감을 감추지 못한 그녀는 주변을 살펴보고 나서야 약간은 안도하면서 다시 자리에 앉았다.

그러나 여전히 모자와 선글라스 그리고 머플러를 벗지 않았다.

노형진 역시 강제로 벗기거나 할 생각은 없어서 모른 척하기로 했다. 중요한 건 그게 아니니까.

"그런데 왜 저를 보자고 하신 거죠?"

"사실은 의심쩍은 사건이 있습니다. 살인 사건입니다."

노형진은 그녀에게 자신이 의심하고 있는 부분을 이야기했다.

그러자 가만히 듣고 있던 그녀는 살짝 얼굴을 찌푸렸다.

"그게 저랑 무슨 관계가 있다는 거죠?"

"아무래도 사망자가 그쪽 계열인 것 같아서요."

"그쪽 계열이라니요?"

"목 조르기."

그녀는 아무런 말도 하지 않았다.

사실 부정할 이유도, 핑계도 없다. 자신이 그쪽인 건 인정하고 나온 것이니까.

"뭐라고 하는 건 아닙니다. 목 조르기가 위험한 행동이기는 하지만 분명히 그걸 즐기는 사람이 있으니까요."

사람들은 목을 조르면 고통을 느낀다. 하지만 일부는 그 이후에 나타나는 현상에 강한 쾌감을 느낀다.

고통이 일정 수준 이상으로 넘어가면 사람의 몸에서는 엄청난 양의 도파민이 분비된다. 목을 조르는 등의 행동이 그 원인인데, 그 경우 도파민이 분비되면서 그 고통을 희석시키는 것이다.

'문제는 그에 중독된다는 거지.'

그런 식으로 목 조르기에 중독된 사람들은 일반적인 성관계에서 쾌감을 가지는 것이 쉽지 않다.

애초에 그걸로 비교할 수 없을 정도의 쾌감을 느끼니 단순한 성관계로 만족될 리 없다.

"그렇다면 남궁선태가 남주미 씨에게 보여 준 이상행동도 이해가 갑니다."

그런 쾌감이 있으니 당연히 일반적인 결혼 생활은 꿈도 꾸지 못할 테고, 정상적인 관계를 맺는 것은 불가능했을 것이다.

"그래서 절 찾아왔다 이건가요?"

"네."

"설마 제가 범인이라도 된다고 생각하시는 겁니까?"

"그럴 리가요. 다만 그쪽 취향에 대해 조언을 구하고자 하는 겁니다."

여자는 잠깐 고민하다가 노형진에게 손을 내밀었다.

노형진은 그녀에게 사진을 건넸고, 여자는 불편한 얼굴로 사진을 바라보았다. 그나마 목이 졸라서 죽은 거니까 거부감이 덜했지, 안 그랬다면 보지도 못했을 것이다.

"이 사람인가요?"

"네, 현장 사진입니다. 혹시 그쪽 계열의 입장에서 보이면 뭐가 보이나요?"

"글쎄요."

그녀는 한참을 사진을 바라보았다. 그리고 다시 사진을 내밀면서 자신이 생각한 점을 이야기했다.

"혼자서 한 건 아닌 것 같네요."

"혼자 한 건 아니다? 이걸 혼자서도 합니까?"

"간혹요. 누군가에게 부탁할 만한 취미는 아니니까."

그녀는 눈을 찡그리면서 말했다.

"진짜로 가해자가 억울하다면 피해자가 그러다가 죽은 경우인데……."

"이번 경우도 그런가요?"

"아니요. 매듭 방향이 달라요. 다른 사람이 졸라 준 거예요."

"매듭?"

"네."

아무리 이러한 행동으로 쾌락을 얻는다고 해도 죽고 싶지 않은 것이 사람이다. 그러니 당연히 자신의 목을 조르더라도 정해진 규칙이 있다.

가령 조르는 힘이 빠지면 자동으로 헐거워지는 식으로 매듭을 맨다가 해서, 자신이 기절하는 경우 죽는 것을 방지하는 것이다.

"이건 다른 사람이 하는 매듭이에요."

"그래요?"

"네."

"하지만 유전자는 남주미 씨의 것밖에 나오지 않았는데요?"

살인 사건이 벌어지면 흉기에 대한 유전자 검사를 한다. 만일 제삼자가 있었다면 그 증거가 나왔어야 정상이다.

"그래요?"

"네."

"이상하네."

그녀는 고개를 갸웃했다.

다른 사람이 했다면 그 증거가 나와야 정상이기 때문이다.

"혹시 고의로 죽이려고 한 걸까요?"

"그럴 리가요."

목숨이 달린 일인 만큼 자신에게 조금이라도 원한이 있는 사람에게는 맡기지 않는 것이 철칙이다.

"이런 경우는 대부분 상대방의 흥분이 심해지면서 벌어지는 일이에요."

"흥분?"

"네. 하지만 상대방을 가해하면서 흥분할 리가……."

그녀는 말하다가 멈칫하고는 잠깐 생각에 빠졌다. 그리고 한숨을 푹 쉬었다.

"이 사람은 제 타입이 아니군요."

"네? 아니, 뭐, 일단 잘생긴 얼굴은 아니니까 그럴 수도 있지만, 어차피 죽었는데요?"

"그게 아니라 성향요. 제가 봐선 이 사람은 단순히 조르기로 쾌감을 얻는 타입이 아니에요."

"뭐라고요?"

노형진은 깜짝 놀랐다.

자신은 그렇게 생각해서 그런 타입의 사람을 만난 것인데 그게 아니라니?

하지만 노형진의 말이 틀린 것도 아니었다.

그녀가 설명해 주자 노형진으로서도 이해할 만했다.

"아, 오해는 하지 마세요. 아예 없다는 건 아니니까. 다만 그것만 가진 게 아니라는 거죠."

"그것만 가진 게 아니다?"

"네."

그녀는 조르기로 성적인 쾌락을 느끼는 타입이다.

하지만 그녀의 설명에 따르면, 그러한 타입의 사람들 중에는 복합적인 변태도 존재한다는 것이다.

가령 조르기로 쾌감을 느낌과 동시에 사디스트 성향을 가지는 사람들이 적지 않다는 것.

"사디스트?"

"네."

사디스트와 마조히스트. 소위 말하는 SM 플레이를 뜻하는 단어이다.

사디스트는 고통을 주는 데서 즐거움을 느끼고, 마조히스트는 고통에서 즐거움을 느낀다.

"그러면 이해가 돼요. 하지만 난 이쪽은 잘 모르는데."
그녀는 잠깐 고민하다가 뭔가 결심한 듯 고개를 들었다.
"변호사라고 하셨죠?"
"네."
"당신, 돈 많아요?"
"네?"
그녀의 질문에 노형진은 당황할 수밖에 없었다.

"뭐 이런 곳이 있답니까?"
노형진과 함께 안으로 들어선 무태식은 눈이 휘둥그레졌다.
벽에 걸린 채찍과 가면 그리고 야시시한 그림들.
이런 곳이 있다는 것은 전혀 몰랐던 것이다.
"뭐…… 세상은 넓고 사람은 다양하니까요."
"그거야 그런데. 이런 곳은 미국에나 있는 줄 알았습니다."
"어디서 보셨는데요?"
"미드요."
"미국에도 이런 곳은 거의 없습니다. 극비예요."
"가 보셨나요?"
"아…… 그냥 들었습니다."
물론 회귀 전의 경험이다. 하지만 사실이기도 하다.

미국에서도 이러한 곳은 극도로 보안이 철저한 곳이다.

하지만 존재는 알고 있었고, 그래서 이번 사건에서 혹시나 이쪽이 아닐까 하는 의심을 한 것이다.

한국인이나 미국인이나 사람인 건 똑같은데 변태가 미국에만 있으라는 법은 없으니까.

"아무래도 이런 곳은 혼자 오기가 좀 그러니까요."

"그거야 그렇지요."

그렇다고 손채림을 데리고 올 수는 없다.

물론 그녀의 성격은 문제가 안 된다. 싫다고 하거나 더럽다고 하기보다는, 관심을 가지고 여기저기 들쑤실 테니까.

하지만 그게 문제다. 이쪽 사람들은 그런 걸 무척이나 싫어한다.

"실례합니다."

카운터로 다가가서 소리를 내자 안쪽에서 한 여자가 나왔다.

"어서 오세요. 누구를 찾아오셨나요?"

"아, 여기는 처음인데요."

"그래요? 그럼 어느 쪽이죠? 공? 수? 두 분이 같이 들어가실 건가요? 어떤 타입을 원하시죠? 선생님? 아니면……."

무태식을 보면서 싱긋 웃더니 다시 말하는 여자.

"여왕님?"

"아니요. 전 집에 있는 여왕님 한 명이면 충분합니다."

손사래를 치면서 거절하는 무태식.

노형진은 아무래도 오해하고 있는 것 같아서 자신의 명함을 내밀었다.

"노형진이라고 합니다. 변호사이고, 어제 전화드렸는데요."

"아, 그분이시군요. 너무 어려 보여서 미처 몰랐습니다."

"다들 그렇게 말씀하시더군요."

노형진은 아무렇지도 않게 생각한다는 듯 미소를 지었다.

"사건과 관련해서 상담하고 싶은데요. 혹시 가능할지?"

"음…… 누구든 상관없어요. 여기에서의 일은 바깥으로 나가지 않으니까."

"아뇨, 그런 문제가 아니라……."

이번 사건을 추적하기 위해서는 이쪽과 관련해서 아는 사람이 필요하다는 것을 노형진이 차근차근 설명하자 그녀는 이해했다.

"이해했습니다. 그러면 마침 적당한 분이 있네요. 선생님을 만나면 될 것 같은데요?"

"선생님?"

"네, 시간도 남으시고."

"그러면 부탁드립니다."

"그러면 자리를 마련해 드리지요. 아, 맨입은 안 됩니다."

그녀는 씩 웃으면서 말했다.

"시간당 50만 원. 카드는 안 받아요."

후덜덜한 가격에 무태식은 입을 쩍 벌리고 말았다.

철저하게 시간당으로 계산되는 곳이기 때문에 돈을 내야 하는 것은 어쩔 수가 없었다. 그래도 한 시간에 50만 원이라니.

'이래서 돈이 많냐고 물어본 거구먼.'

노형진은 씁쓸하게 웃으면서 자신의 앞에 있는 속칭 '선생님'이라 불리는 여자를 바라보았다.

일단은 세미 정장이기는 하다. 그리고 방도 교실처럼 꾸며 둔 곳이고.

'하지만……'

눈빛도 그렇고 자세도 그렇고, 선생님은 아니라는 것을 알 수 있었다.

애초에 장소가 장소인 만큼 진짜 선생님일 리 없지 않은가?

"그러니까 선생님이라고 들었는데요."

"맞아요. 그렇게들 부르지요."

"그런데 시간당 50만 원이라니, 엄청 비싼 거 아닌가요?"

"취향은 비싼 법이니까. 희소성의 가치를 따지는 거죠."

하긴, 선생님 취향에 사디스트 타입의 남자라면 이런 곳을 어디서 또 찾을 수 있겠는가?

"2차는 포함 안 된 겁니다. 그건 따로 계산하는 거고요."

"그런가요?"

뭐, 상관은 없다. 자신들이 2차까지 나갈 이유는 없으니까.

"저희가 선생님을 찾아온 이유는······."

"마담에게 들었어요. 뭘 확인하려고 한다면서요?"

"네."

"뭔데요?"

노형진은 다시 한 번 설명하면서 사진을 건넸다.

힐끗 쳐다본 선생님은 금방 다시 건네주었다.

"확실하네요. 이쪽이에요."

"그런가요?"

"네. 하지만 상대방이 초보군요."

"초보?"

"네. 우리라면 그런 실수는 안 하니까."

사디스트는 남을 괴롭히는 것으로 흥분하지만 그만큼 절제도 해야 한다.

남을 괴롭히다가 잘못하면 그가 죽을 수도 있기 때문이다.

"보아하니 가학 행위를 하던 중에 죽은 것 같네요. 그리고 만남은 오래되었고. 그러나 상대방이 제대로 훈련받지는 않은 것 같고."

"네?"

갑자기 술술 이야기가 나오자 노형진은 깜짝 놀랐다.

이번 사건에 관련해서 경찰은 남주미를 확실하게 범인이라고 생각하고 있었다. 그런데 그녀는 범인에 대해 이야기하고 있는 것이다.

이것이법이다

"혹시 프로파일러라도 하신 건가요?"

무태식도 신기하다는 듯 물었다. 그러자 그녀는 피식 웃고 말았다.

"이 바닥에 있다 보면 별놈을 다 만나기 마련이거든요. 그리고 자기 딴에는 특별하다고 생각하지만, 대부분은 비슷해요."

오래 만난 것은 실행 장소가 집이라는 점에서 알 수 있다고 했다. 일반적으로 자신의 집까지 파트너를 불러오는 경우는 드물기 때문이다.

더군다나 혼자 사는 것도 아니고 아내가 있는데 말이다.

"훈련이라는 건 뭡니까?"

"절제죠."

"절제?"

"아까 말했다시피 사디스트는 위험하니까요."

마조히스트는 결국 고통만 있으면 된다. 그게 심해져서 고통으로 인해 죽는 것까지는 원하지 않으니까.

하지만 사디스트는 아니다.

인간은 외부의 자극으로 쾌락을 얻으면 더 많은 쾌락을 얻기 위해 더 강한 자극을 받고 싶어 한다.

다른 거야 상관이 없지만, 사디스트의 경우는 결국 상대방에게 가해지는 고통이 심해진다는 것이다.

"처음에는 그저 때리거나 하는 정도로 시작되지만 나중에는 구타로, 그리고 살인까지도 갈 수 있지요. 특히 흥분이 심해지면 자기 조절을 못하니까."

결국 그 끝은 상대방의 사망이라는 것이다.

"남궁선태가 남주미와의 관계에서 미적거렸다고 했죠?"

"네. 죄책감을 느낀 건지, 아니면 그걸로 성적인 감각이 약해서 그런 건지……."

"아닐걸요."

"아니라고요?"

"네, 마조히스트 중에는 부부 생활도 잘하는 사람 많아요. 여기 오는 사람들 중에서 70%는 기혼자니까. 물론 상대방은 자기 아내나 남편이 사디스트나 마조히스트라는 걸 모르는 경우도 있고요. 그걸 즐긴다는 게 그거 아니면 안 될 정도의 사람들은 사실 드물죠. 일반인으로 치면 자위도 하고 섹스도 하는 그런 느낌이랄까요?"

"그래요?"

그렇다면 그가 왜 남주미와의 관계에서 미적거린 것일까?

노형진은 그가 양심의 가책 때문에 그랬다고 생각했다.

그런데 그것도 아니라면……

"심적으로 상대방에게 예속된 거죠."

"예속?"

"네."

선생님은 자신의 생각을 피력했다. 그리고 그게 아무래도 맞는 듯했다.

"보아하니 이 피해자라는 인간은 조르기 성향에 사디스트 성향이 있어요. 그리고 이런 타입은 극도로 수동적이기 마련이지요. 제 경험상 이런 사람들은 노예 기질이 충분해요."

"노예 기질?"

"네. 누군가에게 노예처럼 굴복하는 거죠."

"흠……."

"그리고 그 경우, 단순히 성적인 관계만이 아니라 정신적인 면에서도 굴복하는 거죠."

"정신적인 면이라 하면?"

"법적으로야 남주미와 부부일지 모르지만 정신적으로는 다른 사람이라는 거죠."

노형진은 얼굴을 찌푸렸다.

그동안 남주미에게 보여 준 여러 가지 행동이 설명되는 말이기 때문이다.

"그런데 여전히 이해가 가지 않는 게 있습니다. 도대체 왜 다른 사람의 흔적이 나오지 않았을까요?"

어떤 관계든 관계했다면 그곳에서 어떠한 유전자가 나와야 한다. 다른 사건도 아니고 살인 사건을 조사하면서 유전자 검사도 하지 않았을 리 없다.

문제는 그러고도 유전자 하나 나오지 않았다는 것.

그것이 남주미가 범인으로 취급받는 가장 큰 이유였다.

"그래요?"

"아무리 사람이 깔끔해도, 더군다나 선생님의 말대로 자신의 흥분을 이기지 못해서 한 거라면 흔적이 남았어야 하는데요."

"흠……."

그녀는 잠깐 고민하더니 자리에서 벌떡 일어났다. 그리고 구석에 있는 캐비닛으로 갔다.

"그 사람, 나이가 적지 않다고 했죠?"

"네."

"그러면, 만일 일찍 이쪽에 발을 들였다면 슬슬 지겨울 때가 되었네요."

"지겹다고요?"

"네, 자극은 뻔하니까요. 그리고 자극이 강해지면 더 강한 자극을 갈구하기 마련이니까."

그러면서 뭔가를 꺼내는 그녀.

그걸 본 노형진은 그제야 사건이 눈에 보이는 듯했다.

취향입니다만 존중은 무리인 듯

"헐."

참고 자료로 가지고 온 사진을 보면서 손채림은 혀를 내둘렀다.

"이런 곳이 있으면 날 데려가야지. 재미있어 보이네."

"네가 그럴까 봐 못 데려간 거다. 그런 거 싫어하거든?"

"아깝네. 그나저나 이런 옷도 있어?"

"옷이라기보다는…… 아니, 옷이라고 해야 하나?"

전신 타이즈 형식으로 만들어진 실리콘 재질의 복장. 수영복과는 비슷하면서도 전혀 다른 형태.

변태성욕이 끝까지 갔을 때 보통 등장하는 복장.

"이건 실리콘으로 된 한 벌이야. 손부터 머리까지 뒤집어

쓰면 외부로 드러나지 않지."

그렇다면 유전자의 흔적이 남지 않은 것도 당연한 일이다.

유전자가 남으려면 신체가 외부로 드러나야 한다. 대표적인 게 머리카락 같은 것인데, 이런 복장은 전신을 덮기 때문에 흔적이 남을 리 없다.

"그리고 이런 것은 여러 가지 설명이 가능하지."

"흠……."

손채림 역시 이해가 가는 얼굴로 고개를 끄덕거렸다.

그런 관계라면 누군가 다른 사람이 있을 수밖에 없다.

"그리고 이건 다른 것도 설명해 줘."

"뭐?"

"왜 남주미 씨가 팔려 가듯이 결혼했는지."

"응?"

"남주미 씨는 팔려 가듯이 결혼했잖아?"

"그렇지. 그래서 서로 소원했고."

"왜 그랬을까?"

"응?"

"보통 누구든 팔려 가듯이 결혼하는 일은, 한 가지 경우에 성립돼."

돈을 빌린 사람이 갚을 돈이 없는 경우.

이 경우에 돈을 빌려준 사람에게 팔려 가듯 결혼하는 경우가 많다. 남자든 여자든 상관없이 말이다.

이것이 법이다

그런데 남궁선태는 그녀에 대해 아무런 감정도 없었다.

눈앞에 있는 20대의 여자를 그저 아무런 관심도 없이 바라볼 뿐이었다.

"그게 무슨 뜻이야?"

"팔려 가듯이 결혼했지만 남궁선태 또한 원하지 않은 결혼이라는 거야. 그러면 누가 원했을까?"

"응?"

그러고 보니 전혀 생각하지 못하던 문제였다.

누가 결혼을 원했던 것일까, 남궁선태가 아니라면?

"설마? 가족들이?"

"정확하게는 부모일 가능성이 높아. 남궁선태는 외아들이야. 그 부모 세대의 입장에서는 대를 이어야 한다는 것은 중요한 일이지."

"아!"

그렇게 생각하자 이해가 간다.

대를 이어야 하는데 자식이 변태성욕자라서 그럴 수가 없다면…….

"아니, 잠깐, 잠깐……. 그러면 말이 안 되잖아? 단순히 대를 이어 가는 것이 중요하다면 상대방이랑 결혼하면 되는 거 아냐?"

"응?"

"그렇잖아. 상대방이 누구든 일단 결혼해서 애만 낳으면 되잖아. 자기들끼리 어떤 성적 취향으로 어떤 성적 행위를 하든 부모들이 알 바가 아니잖아? 설마 몰랐을까?"

"몰랐을 리 없지. 아니까 강제로 결혼시킨 것이겠지."

"아무리 그래도 그렇지, 일단은 상대방과 결혼한다고 생각하는 게 정상 아니야?"

"그게 말이야……."

노형진은 그 부분에서 한숨을 쉬었다.

자신 역시 처음에 그 생각을 했다.

그러나 그곳에서 들은 소리는 자신의 상식으로는 이해할 수가 없는 구조였고, 그래서 경찰이 이 사건을 해결하지 못한 채로 남주미에게 뒤집어씌울 수밖에 없었던 것이라는 것도 이해했다.

노형진도 나중에야 깨달았는데 경찰이 그렇게 빨리 알아차리는 것은 무리니까.

"일반적으로는 그렇지. 아마 가족들도 그 생각은 했을 거야. 솔직히 강제로 며느리를 사 올 정도의 다급한 상황이라면 차라리 그 상대방과 결혼시키는 게 나을 수도 있지."

"내 말이 그 말이야. 그런데 왜 결혼을 안 시킨 거야? 여자가 불임이라도 돼? 아니, 결혼도 하기 전에 그런 검사를 한 건가? 그래도 이해가 안 가는데?"

설사 그렇다 해도 상대방에게 예속되어 있다면 그 둘이서 혼인신고를 하면 그만이다.

여자가 불임이라고 한들, 자기들이 좋다는데 어쩔 건가?

"그러니까…… 생각하지 못한 부분이라는 거야."

"무슨 소리야?"

"상대방이 아이를 가질 수 없다는 거지."

"그러니까, 그러면 자기들끼리 혼인신고라도 하든가 하면 어쩔 수가 없잖아? 그런데 왜 팔려 가듯이 온 여자와 결혼을 하냐고. 아무리 여자가 불임이라고……."

"불임은 아닐걸."

"무슨 소리야? 불임도 아닌데 왜 서로 취향도 맞고 오래 만나면서 결혼을……."

말을 하던 손채림은 설마 하는 생각이 들었다.

"변태는 복합적인 경우가 적지 않지."

"설마? 상대방이 남자라는 거야?"

"그럴 가능성도 존재해."

"으엑!"

"표정이 왜 그래?"

"남자끼리 뭘 한다고?"

"여자들은 그런 거 좋아하지 않냐? 사실 그런 관계가 불가능한 것은 아니야. 일단 기본적으로 남궁선태의 성적 취향은 남녀 관계에서 오는 것이 아니라 가학 행위에서 오는 것이니까. 섹스라는 일련의 과정이 필요 없으니 상대방이 누구 든 상관없겠지."

"취향 나름이지. 난 질색이야."

손을 흔들면서 절대로 부정하는 손채림.

어찌 되었건 그 모든 걸로 이야기가 성립된다.

왜 남주미가 팔려 와야 했는지, 왜 남궁선태가 그렇게 행동했는지, 왜 사건이 벌어졌는지 등등.

"그나저나 그걸 경찰이 믿을까? 증거도 없는데?"

"믿을 리 없지."

지금까지 드러난 것은 모두 정황증거일 뿐이다. 그러니 경찰의 입장에서는 믿어 줄 리 없다.

"뭔 막장 드라마여? 아침 드라마도 이것보다는 나을 거다."

"현실은 가끔은 상상보다 더하다니까."

남색에, 조르기 집착에, 마조히스트 성향까지.

한 사람이 이렇게 여러 가지 성향을 가지기도 힘들 것 같았다.

"결국 그런 복합적인 상황에서는 강제로 결혼시키는 것밖에 답이 없다고 생각한 것이겠지."

"잠깐, 그러면 그 집안에서는 범인을 알고 있다는 소리 아냐? 아니, 하다못해 상대방이 누군지 알고 있으니까 그런 거 아냐."

손채림은 여러 가지 가능성을 생각해 보다가 순간 정신이 번쩍 들었다.

그 집안에서는 남궁선태가 강제로 결혼하도록 했다. 그 말인즉슨 그가 만나는 사람과 결혼하지 못한다는 것을 알고, 한다고 해도 아이를 가지지 못한다는 것을 안다는 뜻이다.

그렇다면 남궁선태의 성적 취향과 여자관계, 아니 남자관계에 대해 알고 있다는 소리가 된다. 그렇지 않다면 이렇게 극단적으로 강제로 결혼시킬 이유가 없으니 말이다.

그리고 그게 뜻하는 것은 한 가지뿐이다.

"그런데 결혼을 하고도 관계를 유지하다가 결국은 아들이 죽은 거잖아?"

"그런 거지."

"그러면 그 녀석에 대해 이야기를 해 줘야 정상 아냐?"

원한인지 실수인지 알 수는 없다. 그러나 상대방은 남궁선태를 죽였고, 그 집안에서는 그런 관계의 남자가 누군지 알 수밖에 없다.

"아마 힘들걸."

"뭐? 왜?"

"남궁선태의 재산이 60억이야."

"진짜 많네. 그런데 그게 무슨 상관이야?"

"남주미 씨가 범인이 아니라면, 과연 그 돈은 어떻게 될까?"

"응? 아!"

손채림은 노형진의 질문에 왜 이런 일이 벌어지는지 알고는 한숨이 나왔다.

"돈 때문이구먼."

"그렇지."

일단 남주미와 남궁선태는 아무리 사이가 소원하다고 해도 결국 법적으로는 부부다. 그러니 남궁선태가 죽은 현 상황에서 그 재산은 남주미에게 넘어갈 수밖에 없다.

그러나 만일 남주미가 죽인 거라면 이야기는 달라진다.

남궁선태에게 자녀가 없으니 그 돈은 남주미가 아니라 다른 가족에게 넘어가는 것이다.

"그게 싫은 거지."

"미친…… 자기 자식의 복수보다도?"

"때로는 돈이 무엇보다 우선하는 경우도 있지."

손채림은 노형진과 이야기하다가 무서운 점을 깨달았다.

만일 이 모든 가설이 사실이라면 가족은 범인을 알고 있다는 소리가 된다.

남궁선태의 성적 취향을 알며 그 때문에 대를 잇기 위해 결혼까지 강제로 시킨 가족이 상대방에 대해 모를까? 모를 리 없다.

"돈 빼앗기기 싫어서 범인을 알지만 알려 주지는 못하겠다?"

"그럴 가능성이 높지. 아마 사건 현장을 보자마자 알았을걸."

성적 취향을 알고 있다는 것은 사건 현장을 봤을 때 왜 죽었는지 알았다는 소리다. 그리고 분명히 목을 조르는 행위는 아주 친밀한 관계에서, 믿을 수 있는 사이에서만 하는 것이라는 것도 알고 있었을 것이다.

이것이 법이다

그렇다면 누가 저질렀는지 알고도 남았을 것이다.

"미친……."

"그러니까."

남궁선태의 막대한 재산.

그걸 빼앗기고 싶지 않으니 그 죄를 며느리인 남주미에게 뒤집어씌우려고 하는 것이다.

"그러면 이 사건은 어떻게 해결해? 그 인간을 뭔 수로 찾아?"

"글쎄……."

일단 철저하게 비밀로 움직였을 것이 뻔하니 그냥 찾으려고 한다고 해서 찾아지지는 않을 것이다.

그렇다면 남은 것은 단 하나.

"결국 알 만한 사람에게 물어봐야지."

그 알 만한 사람이 과연 알려 줄지는 의문이지만 말이다.

⚖️

"뭔 개소리야! 우리 아들은 멀쩡했어!"

노형진이 말을 꺼내기 무섭게 길길이 날뛰면서 화를 내는 남궁태만.

"신체적으로는 멀쩡하지요. 하지만 정신적으로는 약간의 변태성욕이 있다는 사실을 알고 있습니다."

"뭐라고? 우리 선태를 뭐라고 생각하는 거냐!"

당장이라도 후려칠 듯한 모습을 보고 다른 가족들이 뜯어 말리기 시작했다.

"아이고, 진정해요! 당장 경찰 불러! 당장"

"뭐 이런 미친놈이 다 있어!"

길길이 날뛰는 가족들.

노형진은 그걸 보면서 역시나 하는 마음이 들었다.

'확실히 이상해.'

보통 피해자 가족들에게 다른 범인이 존재할 수 있다는 이야기를 하면 화내기보다는 경청하는 편이다.

물론 과거 피해자의 문제에 대해서는 인정을 하지 않으려고 하기도 하지만, 어찌 되었건 그 범인을 잡는 것이 목적이기 때문에 이렇게 화를 내는 사람은 없다.

'그런데 필요 이상으로 화를 낸단 말이지.'

더군다나 화를 내는 사람이 한 명이 아니라 여러 사람이다.

그렇다는 건, 다른 가족들이 그의 치부안 변태성욕에 대해 알고 있다는 소리다.

'그러면 역시 상대방을 알 것 같은데?'

문제는 저들이 노형진에게 그걸 이야기해 줄 가능성은 제로라는 것.

'살짝 도발해 볼까?'

가능하면 기억을 읽지 않고도 사건을 해결하도록 노력하지만, 그건 어디까지나 시간이 넉넉할 때의 이야기이다.

살인 사건에 대한 재판은 시간이 넉넉한 편은 아니니까.

"그래요? 하지만 증언은 다르던데요?"

"증언?"

"네. 남궁선태 씨가 변태 중에서도 완전히 상변태라는 주변의 증언이…… 컥!"

"이 개새끼가! 죽고 싶어!"

아무리 돈 때문에 모른 척하고 있다고 해도 죽은 자기 아들에 대한 욕은 못 참겠는지 노형진의 멱살을 잡아 올리는 태만.

'애초에 쉬울 거라고는 생각하지도 않았다.'

무려 60억의 재산이 달려 있는 일이다. 그러니 태만의 입장에서는 포기할 수가 없을 게 뻔한 일.

"어떤 새끼가 그런 헛소리를 하는 거야!"

"변호사가 증인의 신분에 대해 말해 드릴 수는 없죠."

노형진은 그렇게 말하면서 자연스럽게 태만이 멱살 잡은 손을 잡아서 기억을 읽기 시작했다.

'역시나.'

그리고 그 기억에서 몇 가지 사실을 알 수 있었다.

예상대로 그들은 선태의 성적 취향에 대해 알고 있었다. 그리고 돈 때문에 모른 척하고 있는 것도 맞았다.

그러나 노형진의 생각과 다르게 한 가지는 몰랐다.

'누군지 몰라?'

분명히 누군지 알고 있을 거라 생각했다.

그러나 그들은 그게 누군지 몰랐다.

정확하게는, 남자인 것은 알고 있지만 그게 누군지까지는 알지를 못하고 있었다.

아니, 더 정확하게 말하면 얼굴만 알고 있었다.

'이러면 곤란한데.'

자신이 아무리 능력이 뛰어나다고 해도 얼굴만으로 사람을 찾을 수는 없다. 전국에 얼마나 많은 남자들이 있는데 그 얼굴로 찾는단 말인가?

"너 같은 새끼가 변호사라고? 웃기고 있네!"

잠깐 딴생각을 하는 사이에 노형진의 얼굴로 날아오는 주먹.

노형진은 미처 방어도 하지 못하고 바닥을 나뒹굴었다.

"이 개자식! 죽어 봐라!"

"죽어! 죽어!"

집단 구타를 하는 사람들.

그러나 그들의 행동은 도리어 자충수가 되었다.

"멈추세요!"

경찰들이 나타나서 그들을 뜯어말린 것이다.

하긴, 집도 아니고 커피숍에서 그 난동을 부렸으니 주인이 경찰을 부르는 게 당연한 일일 것이다.

"놔! 놔, 이 새끼들아!"

"저 새끼를 죽여 버릴 거야!"

길길이 날뛰는 가족들.

경찰들은 그들을 뜯어말리고는 노형진에게 다가왔다.

"도대체 어떻게 된 겁니까?"

"담당한 사건에 대해 다른 범인이 있을 거라고 했더니 갑자기 저러네요."

"다른 범인?"

"네."

"무슨 말씀이신지?"

노형진은 간략하게 경찰에게 설명해 줬다.

그러자 경찰은 한숨을 쉬었다. 대충 눈치챌 만한 일이기 때문이다.

"그래서 어쩌실 겁니까?"

"뭘요?"

"고발하실 건가요? 솔직히 가족이 죽은 지 얼마 안 된 사람들인데……."

노형진은 피식 웃었다.

확실히 그렇게 볼 수도 있다. 가족이 죽은 지 얼마 안 되어서 슬픔에 실수할 수도 있는 일이다.

그러나…….

'그건 어디까지나 진짜 슬퍼할 때의 이야기지.'

저들은 돈을 빼앗기 위해 진짜 범인이 있다는 사실을 모른 척하고 있다. 그런 그들에게 가족의 가치를 대입할 수 있을까?

'그건 무리지.'

그리고 가족이라고 할 수가 없다면, 답은 정해진 것이나 마찬가지.

"당연히 고발해야지요. 집단 폭행으로 말입니다."

노형진의 말에 경찰은 안쓰러운 듯 그들을 바라볼 수밖에 없었다.

"그래서 고발한 거야?"

"그래. 제대로 처벌받지는 않겠지만."

"엉?"

"원래 그런 거야. 답은 정해진 거나 마찬가지야."

저들은 피해자라는 가면을 뒤집어쓰고 질질 짤 것이다.

자신의 아들이 죽었는데 범인의 변호사가 와서 범인은 따로 있다는 식으로 도발하면서 자신들의 화를 북돋았다고 변명을 하면, 경찰은 또 선처 운운하면서 그들에게 최대한 유리한 조서를 써 줄 것이다.

"그리고 검사는 그걸 보고 선처해 준답시고 최하로 구형할 테고."

"벌금도 안 나오려나?"

"나와 봐야 한 30만 원 정도겠지."

"헐."

손채림은 혀를 내둘렀다.

결국 그 끝이 정해져 있다는 말이 참으로 씁쓸했던 것이다.

"어쩌겠어, 현실이 그런데. 경찰 수사의 가장 큰 문제점이 그거야. 이번 사건도 그렇고."

경찰은 일차원적인 방식으로 사건에 접근한다.

만일 경찰이 이상한 점을 알아보고 변태성욕 쪽으로 사건을 의심했다면 남주미가 범인으로 의심받지는 않았을 것이다.

"그나저나 누군지 알아내지 못하면 사건을 해결하는 게 어렵잖아?"

"그렇지."

노형진으로서는 그게 문제였다.

일단은 그들의 기억을 읽었지만 그걸 말해 줄 수 없어서 그들이 이야기해 주지 않는다고 말한 상황.

그런 만큼 어떻게 해서든 사건을 진행하기 위해서는 범인을 추적할 다른 단서가 있어야 한다.

"흠……."

노형진은 곰곰이 턱을 문질렀다. 그러다가 문득 생각나는 것이 있었다.

"그러고 보니 말이야."

"응?"

"그 집, 전자식 도어 록이었지?"

"응? 그렇지."

전자식 도어 록은 경비원 없이 그냥 입구에 보안 도어를 설치한 집들을 말한다.

요즘은 상당수 아파트에서 그런 전자식 도어 록을 쓰고 있고 특히 고가의 아파트에서는 더욱 그런 걸 선호한다.

"그 전자식 도어 록에는 기록이 남아 있지 않으려나?"

"무리일걸. 시간이 지나서 CCTV는 없잖아. 그런데 출입 기록이 남아 있겠어?"

가장 확실한 기록인 CCTV는 더 이상 남아 있지 않은 상황.

경찰이 남주미를 범인으로 확신하고 제대로 조사도 하지 않는 바람에 시간이 지나서 증거가 소멸해 버린 것이다.

"그렇겠지."

결국 누군가 들어왔다는 증거는 남아 있지 않은 상황.

그렇다면 남은 것은 그 주변을 탐색해 보는 것뿐이다.

"혹시 말이야, 생각보다 가까이 있지 않을까?"

"생각보다?"

"네가 그랬잖아, 심리적으로 예속되어 있는 사이라고. 그렇다면 멀리 두지는 않았을 것 같은데?"

"응?"

"그렇잖아? 심리적으로 예속되어 있는 사람이라면 그를 주변에 두려고 하는 게 정상 아니야?"

노형진은 정신이 번쩍 들었다.

확실히 그랬다. 그가 아는 한, 심리적으로 예속된 상대방에게서 벗어나는 것을 두려워한다.

'미래에 대통령 사건에서도 그랬지.'

미래에 벌어진 대통령 사건에서, 대통령은 자신이 대통령이라는 직업을 가지고 있으면서도 무당에게 매일매일 자신의 일상을 질문해야 했다.

심지어 국가적 사업도 그의 명령을 받아 집행해서, 난리가 난 적이 있었다.

"그렇군. 네 말이 맞아. 정신적으로 예속되어 있다면 멀리 떨어져 있지는 않겠지."

"회사에 있지 않을까?"

"회사라……."

남궁선태의 직업은 단순 회사원이 아니라 기업을 운영하는 오너였다. 그런 그가 노예라고 누가 생각이나 하겠는가?

"그렇단 말이지."

노형진은 순간 좋은 생각이 났는지 빙긋 웃었다.

"방금 누군지 찾아낼 수 있는 좋은 방법이 생각났어."

"좋은 방법?"

"그래, 후후후."

이런 자들의 공통점은 뒤에서 암약한다는 점이다. 절대로 전면에 나서지 않는다.

일전의 연쇄살인범 사건에서도 위험한 납치에 관련한 일

은 남에게 시키고 살인만 직접 했다. 흔적을 남기지 않기 위해서다.

그리고 그런 거라면…….

"추적할 방법이 있지."

⚖️

"자금 흐름을 모르지는 않을 텐데요?"

눈앞에서 눈을 데굴데굴 굴리는 남자.

그는 회사의 회계 팀 과장이었다.

그는 사건과 관련해서 자신을 찾아온 노형진을 부담스러운 눈빛으로 바라보았다.

"전 잘 모르는 건데…….".

"그래요? 회사에서 몇 년 일하셨지요?"

"저요? 저는 15년 일했습니다만."

"이런, 이런, 15년을 일하면서 모른다라……. 무능력하시네요. 그러면 잘려도 불만 없지요?"

"그게…….".

과장은 죽을 맛이었다.

사장이 죽어서 회사도 뒤집힌 판국인데 그 불똥이 자신에게 튈 거라고는 생각도 못 했던 것이다.

'이 사람은 안다.'

노형진은 그를 물끄러미 보면서 확신했다.

'누군가 그랬지, 독재자의 꿈은 백만장자라고.'

왜 다들 그렇게 권력에 집착할까?

사실 권력을 가진다는 것은 여러모로 귀찮은 일이다.

그럼에도 불구하고 수많은 사람들이 권력을 가지기 위해 살인도 불사한다. 왜 그럴까?

이유는 간단하다. 바로 돈 때문이다.

'현대의 권력은 돈이지.'

독재자든 정치인이든, 그래서 돈을 추구하고 그걸 벌기 위해 노력한다.

그렇다면 남궁선태의 지배자는 그냥 성적인 지배로만 만족할까?

그럴 리 없다.

'그리고 그 돈을 썼겠지.'

직접 돈을 받을 수도 있다.

하지만 거대 기업의 회장을 지배하는 자가 돈 몇 푼 받고 물러날 것 같지는 않았다. 가족조차도 돈 때문에 진짜 살인범을 모른 척하는데 말이다.

"사건이 해결되면 남주미 씨가 사장이 될 겁니다. 그리고 대대적으로 조사하겠지요. 그리고 당신의 무능이 드러나면 당신을 해직할 겁니다. 물론 그와 관련된 손해배상도 따로 청구하겠지요."

"……."

과장은 눈을 데굴데굴 굴렸다.

그도 안다, 남주미는 살인으로 기소된 상황이라는 것.

그래서 기업을 가지고 갈 사람은 남궁선태의 집안, 정확하게는 남궁태만이 사장으로 취임할 가능성이 높다는 것도.

그래서 말을 못 하는 것이다.

"남궁태만이 취임할 거라는 확신을 가지십니까?"

"네?"

그 속을 모르는 바 아닌 노형진은 피식 웃었다.

"확실히 그렇게 보이지요. 하지만 남궁태만은 진짜 범인을 압니다. 돈 때문에 감추고 있을 뿐이지요. 그게 알려졌을 때 과연 무슨 결과가 나올까요? 살인범에 대한 도피방조 죄가 적용되겠지요. 그리고 재산 분쟁에서도 불리해질 겁니다."

"그건……."

"하지만 당신이 우리를 도와줬다면 이야기가 달라지겠지요?"

"저는 그런 건 잘……."

"생각해 보세요. 남주미 씨가 사장으로 취임했을 때 당신 덕분에 풀려나고 회사까지 물려받았다면, 보은을 안 할까요?"

과장은 고개를 번쩍 들었다. 지금까지 생각해 보지 못한 부분이었다.

'확실히…….'

지금 남주미는 불리한 상황이다. 그런데 그가 도와줘서 풀려나거나 상황을 뒤집을 수 있다면 아마도 적지 않은 보상이 따라올 것이다.

"그런데 남궁태만이 가지게 된다면 어떻게 될까요?"

"글쎄요."

"그는 그 녀석에게 돈이 들어간 걸 알고 있습니다. 그러니 그걸 끊어 버리겠지요. 그렇다면 그 과정에서 그 사실을 묵인한 당신은 어떻게 될까요?"

과장은 침을 꿀꺽 삼켰다. 아마도 자신의 자리를 지키기 힘들어질 것이다.

"하지만…… 전 그냥 시키는 대로 한 것뿐입니다."

"원래 회사원이라는 게 그런 겁니다. 시키는 대로 하면 처벌받지요. 2차대전 때 독일이 패망한 후 수많은 독일인들이 처벌받았습니다. 그들은 하나같이 시키는 대로 한 거라고 했지요. 생각하지 않는다는 것은, 그 자체만으로도 죄악입니다."

"죄악……."

"만일 해직된다면 어떻게 될까요? 자녀분이 있으시지요? 몇 살입니까?"

과장은 더 이상 물러날 곳이 없다는 것을 깨달았다.

자녀들 중 한 명은 대학생이고 한 명은 고 2다.

한창 돈이 들어가는 시점인데 여기서 해직당하면 자신뿐만 아니라 자식들의 인생도 흔들릴 수밖에 없다.

"크윽……."

'그렇지.'

설득의 기술이라는 것은 별게 없다. 그냥 상대방에게 불이익이 간다는 사실만 정확하게 지적하면 된다.

대부분의 사람들은 이 일로 인해 어떤 불이익이 올지 예상하지 못하기 때문이다.

"간단합니다. 그냥 사실을 말하세요. 설사 남주미 씨에게 회사가 넘어가지 않는다고 해도 우리 쪽에서는 이 사실을 공개하지 않겠습니다."

채찍이 있으면 당근도 있어야 하는 법.

안 그래도 흔들리는 그는 노형진이 내민 당근을 덥석 물었다.

"이야기하지 않는다고요?"

"네. 그러면 그들은 과장님의 배신을 모르겠지요. 최소한 퇴직금은 받고 나올 수 있을 겁니다."

"끄응……."

퇴직금을 받고 잘리느냐, 아니면 보답으로 승진하느냐 하는 문제에서 답은 정해진 것이나 마찬가지였다.

"사실은…… 의심스러운 게 있습니다."

"어떤 거죠?"

노형진은 그에게 바짝 다가갔다.

그의 예상대로 돈의 흐름이 이해할 수 없는 부분이 있었던 것이다.

"카드 내역입니다."

"카드 내역?"

"네. 아무래도 우리 정도 되는 기업이라면 법인 카드라는 게 있으니까요."

법인 카드는 회사 이름으로 나가는 카드를 뜻한다.

접대를 하거나 필요한 물품을 사고 경비로 처리하는 것이다.

"그런데 그 카드 중에 이상하게 사용되는 것이 하나 있습니다."

"이상하게 사용된다고요?"

"네. 아무래도 법인 카드라면 사용 내역이 정해질 수밖에 없거든요."

법인 카드의 주체는 사람이 아니라 기업이다. 그래서 경비로 처리할 수 있는 것에 한계가 있다.

가령 식사를 외부에서 한다면 그건 경비로 처리된다.

하지만 병원에서 쓴다면 그건 경비 처리 대상이 아니다. 주체인 기업이 아파서 병원을 갈 수 없으니까.

기본적으로 병원비는 개인이 지불하는 것이다.

"그런데요?"

"별의별 곳에서 마구 긁어 대더군요. 한 달에 못해도 3천 이상은 긁는 것 같아요. 그리고 현금으로 출금도 자주 하고요."

"그건 불법일 텐데요?"

"네, 불법이죠. 그런데 전 사장님에게 말하니까 그냥 두라고 하시더라고요."

"흠……."

법인 카드는 현금 출금이 막혀 있어야 한다. 그래야 경비 처리의 의미가 있다.

만일 진짜 현금이 필요한 일이 있다면 기업에서 자체적으로 받아야 한다.

그래서 기업들이 비자금을 만드는 데 그렇게 조심스러운 것이다. 현금으로 쓰는 것까지는 인정해 주지 않으니까 많이 빼면 도리어 의심을 산다.

'그런데 그 현금을 빼 준다?'

말도 안 되는 소리다.

"그래서 누구 이름으로 발급된 겁니까?"

주체는 기업이지만 기업이 진짜 사람은 아니니 누군가 들고 다니는 사람이 있을 터.

"전 사장님입니다."

그 말에 노형진은 눈을 찌푸렸다.

전 사장님, 그러니까 남궁선태에게 그 카드를 줬다는 것이다.

'개인적으로 건네줬다는 소리이군.'

그러면 추적이 쉽지 않다. 그 인간이 회사의 직원일 거라 생각한 노형진과 손채림의 생각과는 좀 달랐다.

'그 카드를 누가 받았든 범인은 그놈이다.'

노형진은 확신이 들었다.

그렇게 쓰는 놈이 일반인이라면 벌써 해직되었어야 정상

이다. 그러나 그는 지금도 그걸 쓰고 있다.

"누가 쓰는지는 알 수가 없고요?"

"네. 하지만 카드 내역을 보면 추적할 수 있을 것 같습니다."

"가능하다고요? 자주 가는 곳이 있습니까?"

"그것도 그거지만, 아파트 관리비 내역이 있더군요. 가져
다드리겠습니다."

노형진은 주먹을 꽉 쥐었다.

드디어 범인을 찾은 것이다.

꼬리가 길면 잡힌다

"박명성, 나이 42세, 백수."

"백수가 사는 집치고는 무척이나 비싸 보이는데?"

노형진은 그가 들어가는 아파트를 보면서 혀를 끌끌 찼다.

'등잔 밑이 어둡다고 하더니.'

그의 아파트는 남궁선태의 아파트와 같은 단지였다. 심지어 바로 옆 동.

'아예 노예이니 멀리 둘 리 없지.'

그는 가까운 곳에서 남궁선태를 조종하면서 편하게 호의호식하면서 살았던 것이다.

"일단 명의는 그의 이름으로 되어 있어."

"일단?"

"그래. 하지만 돈이 어디서 나왔는지는 미심쩍어. 원래 사설 체험 업체에서 일하던 사람인데 해직당했거든."

"해직?"

"네가 저지른 일이잖아. 기억 안 나?"

"응? 내가 저지르다니?"

"수련회 사건 말이야."

"응? 아아, 수련회 사건. 헐, 그게 여기까지 불똥이 튄 거야?"

"그래."

"기가 막히는구먼."

수련회 사건은 노형진이 과거에 수련회를 하는 놈들을 대상으로 소송한 사건이다.

원래 수련회의 기본 목적은 청소년의 심신을 함양하고 정서적 교육을 하는 것이다.

그러나 대한민국의 수련회에는 오로지 청소년에 대한 가혹 행위로 일종의 길들이기를 하는 악습이 있었다.

이는 명백하게 위법이었기 때문에 노형진은 수많은 청소년들의 의뢰를 받아서 그들에게 소송을 걸었다.

당연히 그 과정에서 그들에게 뇌물을 받은 선생님들이나 학교장 등이 숱하게 걸렸고, 제대로 운영되지 않던 업체들은 모조리 망해 나갔다. 피해자들이 몇천 명 단위니까.

"그때 다니던 기업이 망하면서 나온 녀석이야."

"수련회……. 가학성애자에게는 최고의 직장이었겠군."

"그래."

합법적으로 남을 괴롭힐 수 있는 일이다 보니 거기서 일했던 것이다. 그러나 이제는 옛말.

"그 후에 어떻게 만난 건지는 알 수가 없어. 하지만 어느 순간부터인가 재산적인 문제 없이 풍요로운 삶을 살고 있더라고."

"그런 것 같다."

때마침 아파트 안으로 들어오는 박명성.

그는 자신의 외제 차에서 내려서는 주변을 두리번거리다가 총총걸음으로 아파트로 올라갔다.

"멀쩡해 보이는 녀석인데 말이지."

"그래서 더 문제인 거야."

수련회에서 학생들을 괴롭히는 녀석이었다면 가학성이 더욱 강해졌을 것이다.

그런 놈이 세상으로 나왔으니 제대로 적응하기 쉽지 않았으리라.

"그러다가 남궁선태를 만났을 테고."

"그런데 말이야."

"응?"

"남궁선태가 노예 성향을 가지고 있다면 원래 그가 따르던 사람이 있지 않을까?"

"응?"

"그렇잖아. 남궁선태가 박명성을 만나고 나서 변한 게 아니라 원래 그런 건데 박명성이 주인인 것뿐이잖아?"

"큭."

그건 노형진이 생각하지 못한 부분이다.

확실히 그렇다.

박명성은 원래 저런 성향이다. 원래 그가 따르던 사람이 있었을 것이다.

"그건 나중에 생각하자. 일단은 저 녀석을 잡는 데 집중해야 해."

"어떻게?"

"일단은 자극하는 거지."

"자극?"

"그래."

박명성은 지배자 속성을 가지고 있다.

그 말은, 자신의 통제대로 일이 돌아가지 않으면 극도로 흥분하는 성향을 가지고 있다는 것이다.

"어떤 식으로 자극할 건데?"

"간단해. 결국은 돈이 문제니까."

⚖

삐삑.

카드기에서 나오는 소리에 박명성은 힐끗 그쪽을 바라보았다.

"뭐야?"

"아, 그게, 손님, 이 카드는 정지되어 있는 걸로 나오는데요."

"뭐라고?"

"죄송합니다만 다른 카드를 주셔야 할 것 같은데요."

박명성은 얼굴을 찌푸렸다.

분명히 어제까지는 멀쩡하게 잘되던 카드다. 그런데 갑자기 안 된다니?

"이걸로 해 봐."

"네."

다른 카드를 건넸으나 다시 '삑' 하는 소리와 함께 막혀 버리는 결제.

그러자 박명성의 눈은 무서울 정도로 올라갔다.

"이것도 해 봐."

"죄송합니다만 이것도 안 되는데요. 현금이 있다면 그걸로 결제해 주셔야 할 것 같은데요."

마지막 카드마저 안 되자 박명성은 악귀 같은 얼굴이 되었다.

그 모습에 직원이 잔뜩 주눅이 들어서 말하자 그는 다른 카드를 그의 얼굴에 던졌다.

"이걸로 해 봐."

"네?"

"그걸로 하라고! 귀가 틀어막혔어?"

"아, 네……."

이번에는 멀쩡하게 결제가 이루어졌다. 그리고 그걸 본 박명성은 더욱 무서운 얼굴이 되었다.

"아…… 안녕히 가세요."

그의 뒤에서 들리는 직원의 말에도 그는 기분이 좋아질 수가 없었다.

"이런 씨발."

처음에 결제한 세 개는 남궁선태가 자신에게 준 카드들이었다. 그런데 갑자기 결제가 막힌 것이다.

"하나는 그렇다고 치고, 나머지는 뭔데?"

하나는 그의 명의로 된 체크카드다. 그러니 그의 사망 소식이 은행에 들어갔다면 막힐 수도 있다.

하지만 나머지 두 개는 기업 카드다. 즉, 기업이 망하기 전에는 막힐 리 없는 것이다.

"씨발, 그 새끼를 죽이는 게 아니었는데."

한순간의 실수였다.

자신이 목을 조르자 쾌감에 부르르르 떠는 그 모습에, 순간 구역질이 나면서 절제하지 못했다.

자신은 언제나 만족하기 직전에 끝내야 하는데 그는 절정을 느끼는 것이다.

그래서 풀어야 하는 순간에 더 힘을 줘 버렸고, 그가 숨을 쉬기 위해 고통스러워하는 순간에 극도로 흥분해 버렸다.

그러나 그가 정신을 차린 후에는, 이미 남궁선태는 죽은 상황.

"빌어먹을."

남궁선태를 지배하면서 넉넉한 삶을 살아왔기 때문에 그가 죽자 가장 먼저 찾아온 것은 살인에 대한 공포보다는 이 이후에 끊어질 돈에 대한 걱정이었다.

다행히 흔적을 지우고 조용히 비상계단으로 내려온 덕분에 걸리지는 않았지만 말이다.

"씨발⋯⋯."

마음 같아서는 전처럼 일하고 싶지만 지난번 사건 이후에 수련회를 운영하던 수많은 기업들이 정리되었고 살아남은 것은 제대로 된 기업들뿐이었다.

"내가 다시 세울 수도 없고."

물론 남궁선태에게 받은 돈이면 비슷한 기업을 다시 만들 수 있다.

그러나 수련회 사건 이후로 가혹 행위를 하는 기업은 새론의 형사 고발과 민사소송이 따라오기 때문에 해 봐야 의미가 없다.

"젠장, 그때가 좋았는데."

수많은 아이들, 특히 여자아이들이 자신의 말에 복종하면서 고통스러워하는 모습을 보고 있으면 마치 하렘에 와 있는 기분이었다. 그래서 일을 하면서 몇 번이나 자신도 모르게 사정하고는 했다.

그런데 이제는 나이 처먹은 노친네 하나 데리고 있다는 게 그를 짜증 나게 만들었다.

"아오, 씨발……."

그는 짜증을 내면서 집으로 가고 있었다.

그런데 그때.

"응?"

한구석에서 한 남자가 여자를 마구 밟는 모습이 보였다.

"이 쓰레기 같은 년! 내가 널 그렇게 가르쳤어?"

"아아악!"

"이 개 같은 년아!"

"미안해! 미안해!"

으슥한 골목에서 벌어지는 일이고 주변에 사람도 없었기 때문에 그들을 말릴 이도 없었다.

물론 박명성이 그들을 말릴 생각은 없었다. 사실 관심도 없는 사건이니까.

하지만 그는 발걸음을 뗄 수가 없었다.

'웃어?'

욕을 먹으면서 남자에게 맞고 있으면서도 그 여자는 울지 않았다. 살려 달라는 말도 하지 않았다.

몸을 둥글게 말고 있기는 하지만, 고통스러워 보이지 않았다.

'오호라?'

그리고 박명성의 눈이 반짝거렸다. 바로 그녀가 무슨 타입인지 알아차린 것이다.

마조히스트 속성을 가진 여자인 것이다.

아직 어설프기는 하지만 그녀는 지금 상황을 즐기고 있는 게 분명했다.

남자가 밟고 있기는 하지만 그다지 힘이 들어가 있는 것은 아니다. 익숙하지 않다는 뜻이다.

"그러고 보니……."

여자의 얼굴도 반반하다. 그리고 입고 있는 옷도 비싸 보이는 거고, 가방도 명품이다.

'월척이다.'

안 그래도 자금이 부족한 상황에서 저런 물건을 만나는 것은 쉽지 않은 일이다.

그는 조용히 남자의 뒤로 다가갔다.

"그만두지 못해!"

"뭐야?"

남자는 당황한 듯 고개를 돌렸다. 그리고 어이가 없다는 듯 외쳤다.

"뭐 하는 짓이야?"

"뭐 하는 짓이긴. 지나가던 정의의 사도다."

"지랄하네. 우리 일은 우리가 알아서 할 테니까 꺼져."

남자는 피식 비웃으면서 말했다.

그러나 박명성의 시선은 그가 아니라 여자에게 가 있었다.

'역시나.'

보통 이런 상황이면 다른 여자는 도망가거나 숨거나 살려달라고 구원자에게 매달리기 마련이다.

그런데 여자의 얼굴에 서린 것은 당황함 그리고 어이없음.

'이 새끼들, 플레이 중이구먼.'

마조 행위는 보통 매도라고 하는 모욕 단계에서부터 시작이다. 누군가 자신을 모욕하고 때리는 것에서부터 점점 심해지는 것이다.

그리고 그때 이렇게 공개된 장소에서 매도당하면서 흥분을 느끼는 사람들도 있다.

하지만 사람이 없는 이런 곳에서 하는 걸 보니 아무래도 이제 시작하는 녀석들인 모양이었다.

'흐흐흐.'

그리고 그들에 대해 잘 알고 있는 박명성은 씩 웃었다.

"웃어? 이 새끼가 증말 내가 누군지 알고…… 컥!"

남자는 말하다가 허리를 팍 꺾었다. 그리고 주저앉았다.

"쿨럭쿨럭."

배를 부여잡고 쿨럭거리는 남자. 그리고 당황하는 여자.

"당신, 따라와."

"네?"

"다친 것 같으니까 따라오라고. 치료해 줄 테니까."

"하지만⋯⋯."

당황한 얼굴로 쓰러진 남자를 바라보는 여자.

박명성은 그런 여자에게 눈을 팍 찡그리면서 바닥에 떨어진 가방을 낚아챘다.

"따라올래, 아니면 내가 가족한테 전화할까?"

"네?"

"누가 잡아먹는대? 상처는 치료해야 할 거 아냐. 집이 이 근처이니 내가 해 줄 테니까 따라와."

"당장 그만⋯⋯ 컥⋯⋯."

힘겹게 일어나던 남자는 박명성의 주먹에 나가떨어지면서 기절했다.

"헉!"

"따라올 거야, 말 거야?"

"가⋯⋯ 갈게요."

"좋아."

미소로 가득한 얼굴로 여자를 데리고 그곳을 떠나는 박명성.

그런데 그들이 떠나고 나자 기절한 줄 알고 있던 남자가 스윽 일어나더니 허공을 향해 엄지손가락을 척 올렸다.

그러자 그걸 보고 있던 손채림은 머리를 절레절레 흔들었다.

"뭐예요? 이게 정상이에요?"

다짜고짜 난입해서 따라간다? 그게 끝이라고?

"호호호."

마담은 영상을 보다가 웃으면서 손채림을 바라보았다.

"원래 그래요."

"그렇다고요?"

"네. 주인과 추종자의 관계에서 중요한 것은 그가 어떤 사람이냐죠."

"그게 무슨 말이죠?"

"간단해요. 추종자를 빼앗고 싶다? 그러면 전 주인보다 더 강하고 이끌 가능성이 있다는 것을 증명해야 해요."

"별 미친……."

"원래 그래요."

만일 추종자를 차지하고 싶다면 그를 괴롭히는 것은 의미가 없다.

추종자는 기본적으로 주인에게 절대적으로 복종하게 되어 있다. 그러니 주인이 없다고 해서 배신하지 않는다.

"하지만 주인이 자신을 이끌 수 없다고 판단되면 이야기가 달라지죠."

자신보다 강한 사람에게 굴복하는 것이 저런 타입의 특성이다.

추종자와 지배자와 관계에서 지배자가 약하다고 판단되면 추종자는 더 강한 지배자를 찾아간다.

물론 그 관계가 오래된 관계라면 이렇게 급박하게 바뀌지는 않는다. 하지만 오래되지 않은 관계라면, 더 강한 지배자에게 가는 경우도 종종 있는 일이다.

"그래서 저렇게 어설프게 연기한 겁니까?"

"네."

마담은 씩 웃으면서 말했다.

사실 남자도 여자도, 모두 마담이 데리고 온 그곳의 직원들이다. 그들은 박명성을 속이기 위해 그곳에서 연기한 것뿐이다.

박명성은 거기에 속아서 추종자를 빼앗기 위해 끼어든 것이다.

"물론 이런 일은 거의 안 일어나요."

"왜죠?"

"일이 커지니까. 살인까지 날 수 있어요."

지배자 성향의 충돌은 생각보다 큰일이다. 심각한 경우 살인마저 불사하게 된다.

그럴 수밖에 없는 게, 지배자 성향의 기본은 절대로 패하면 안 된다는 일종의 리더십이기 때문이다. 한번 패해서 추종자를 빼앗기면 자신의 자긍심에 상처가 되는데, 그건 그런 성향의 사람들에게는 상당히 큰 문제가 된다.

"살인?"

노형진은 그 이야기에 문득 소름이 돋았다. 남궁선태의, 누군지 모르는 전 지배자.

"관계가 오래되면 살인도 불사한다고요?"

"말했다시피 그럴 수밖에 없죠. 추종자와 지배자 관계가 오래될수록 그 관계가 더욱 끈끈해지니까. 그리고 마조히스트 성향에게 가학 행위는 의미가 없죠. 그렇다면 그를 빼앗기 위해서는 지배자를 꺾는 수밖에요."

"흠……."

노형진은 턱을 스윽 문질렀다.

"그나저나 저런 성향의 여자가 있다니……."

손채림은 아까 그 모습을 생각하면서 어이가 없다는 듯 고개를 흔들었다.

"깨닫지 못할 뿐이지, 다들 그런 부분은 있어요. 다만 그게 발현되지 않을 뿐. 사람은 추종자, 아니면 지배자이니까."

"헐."

"어때요, 한 명 해 드릴까요? 당신은 지배자 성향이 살짝 있는 것 같은데, 적당한 추종자를 얻으면 그 성향이 꽃을 피울지도?"

"그래요? 하지만 난 여자인데?"

"박명성인가 하는 사람은 남자와의 관계였잖아요. 이런 관계에서 성별은 그다지 관련이 없어요."

"흠…… 신기하기는 한데. 형진아, 어떻게 생각해? 내가 한번?"

"아서라. 누구 인생을 망치려고?"

노형진은 농담하는 손채림에게 피식 웃었다.

사실 말은 저렇게 하면서도 절대 지배자 역할을 하지 못한다는 것쯤은 알고 있다.

"하긴, 내 인생도 책임지지 못하는 판국에 남의 인생까지 어떻게 생각해?"

고개를 절레절레 흔든 손채림.

"그나저나 위험한 건 아니겠죠?"

노형진이 걱정하는 부분은 바로 위험성이다.

한 번 절제를 하지 못해서 사람을 죽인 녀석이다. 그러니 또 같은 실수를 할지도 모른다.

"그건 아닐걸요, 당분간은."

"당분간?"

"네, 당분간은. 자기 실수로 추종자를 잃었으니 상당히 조심할 거예요. 시간이 길어지면 모르지만."

마담은 씩 웃으면서 말했고 노형진은 약간 씁쓸해졌다.

"그러면 빨리 해결해야겠네요."

⚖️

"괜찮아요?"

"나쁘지는 않아요."

사무실에 찾아온 여자의 얼굴에는 시퍼런 멍이 들어 있었다. 화장으로 감추고 있기는 하지만 완전히 감출 수는 없었다.

"이런 무식한 놈."

무태식은 여자의 얼굴을 보고 불같이 화를 냈다.

여자 얼굴을 때려서 이렇게 상처를 내는 놈이 어디 있단 말인가?

"확실히 알겠더군요. 그 녀석, 사디스트이기는 하지만 제대로 교육을 받은 적은 없어요. 자신의 가학성을 통제하는 법을 모르네요."

그녀는 빙긋 웃으면서 말했다.

"일단은 제가 자신의 추종자가 되었다고 확실하게 믿고 있어요."

"그런가요? 설마……."

"아니요. 제 지배자님은 다른 분이시죠."

혹시나 하는 마음에 노형진은 안도의 한숨을 내쉬었다.

진짜로 지배자 자리에 그가 올라갔다면 그녀가 자신들에게 거짓말할 수도 있기 때문이다.

"현장에 있던 사람은 제 지배자가 아니에요. 그냥 대역이죠."

"그분이 그럼 이 작전을 승인한 겁니까?"

"네. 돈이 되는 일인데요, 뭐."

"네? 돈이 되는…… 헐……."

확실히 이번 사건을 마담에게 부탁하면서 적지 않은 돈을 주기로 하기는 했다.

그런데 일은 그녀가 하고 돈은 지배자가 가져간다니.

'재주는 곰이 부리고 돈은 왕 서방이 챙긴다더니.'

딱 그 짝이다. 그걸 자연스럽게 말하는 그녀도 참 웃긴 일이고 말이다.

"그게 이상한가요?"

"네? 아, 네……. 솔직히 이해는 안 가네요."

"걱정 마세요. 그냥 빼앗기는 건 아니니까. 전 나름 지능형이에요."

"지능형?"

"지배자와 추종자라고 해서 설마 노예와 주인 관계라고 생각하는 건가요? 그건 초보들이나 하는 실수이고……."

비슷해 보이지만 좀 달라 보이는 게 그들의 관계다.

일반적으로는 그게 맞다. 하지만 똑똑한 추종자 계급은 그 관계를 역전시키곤 한다.

상대방이 사디스트이고 자신이 마조히스트라면 기본적으로 자신이 추종자인 듯하지만, 자신은 쾌락을 제공하는 제공자의 입장이고 마조히스트는 그걸 소비하는 소비자의 입장이다.

그리고 세상에서는 공급자가 갑이다.

"엄밀하게 말하면 제가 마조이기는 하지만 지배자이고 제 남친은 사디스트이지만 추종자죠. 제가 일반인인 제 남친을 이 세계로 끌어들인 건데요. 결혼도 준비 중이고. 돈이 있어야 결혼도 하니까."

"네?"

손채림은 그 말을 듣고는 기가 막혔다. 서로 관계가 역전된 셈이라니.

"이해는 포기하겠습니다."

노형진은 깔끔하게 선을 그었다. 그들의 세계를 그가 이해하기에는 너무 복잡했다.

"그런데 중요한 내용이 있다고 하지 않으셨습니까?"

"네. 그 녀석이 이쪽에 대해 전혀 몰라서, 생각보다 쉽게 말하더군요."

"말하다니요?"

"그는 내가 자신의 추종자라고 생각하니까요."

그녀가 슬쩍 그에게서 벗어나려고 시도하자 자신을 협박했다는 것이다.

"녹음 기록이 있나요?"

"네."

"그건 좋습니다만, 그것만 가지고는 처벌하기가……."

그녀를 투입한 것은 그에게서 쓸 만한 정보를 얻어 내기 위해서였다.

확실히 협박으로 고발할 수는 있지만, 그렇다고 해서 남주미의 무죄를 얻어 낼 수는 없다.

"협박의 내용이 문제겠지요. 저한테 그러더군요, 마치 살인을 해 본 경험이 있는 것처럼."

"그렇다는 것은 알고 있습니다. 다만 증거가 필요해요. 나중에 그저 협박용 멘트였다고 하면 의미가 없지요."

"그래서 말씀드리는 거예요. 남궁선태는 아닌 것 같으니까."

"뭐라고요?"

"제가 전 지배자에게 가려고 하자 그러면 그 녀석을 죽여 버린다고 했어요. 한 번 했는데 두 번은 못 하겠느냐고."

노형진은 자리에서 벌떡 일어났다.

"그 녹취록, 들어 볼 수 있을까요?"

—죽고 싶어!

—아니에요. 하지만…….

—그냥 가만히 있어. 내가 시키는 대로 하는 게 너도 좋고 나도 좋은 거야. 일전의 그 비리비리한 새끼한테도 좋은 거고. 그 새끼를 죽여 버리고 싶은 건 아니겠지?

—죽이다니요?

—그 새끼가 너한테 접근하면 죽여 버리는 건 일도 아니야. 한 번 한 거, 두 번은 못 할 것 같아? 너 같은 버러지 년들을 어떤 식으로 취급하는지 내가 모를 것 같아?

녹음된 내용을 들으면서 노형진은 주먹을 꽉 쥐었다.

드디어 살인에 대한 결정적 녹음이 나온 것이다.

'하지만…….'

문제는 증거.

—나중에 가서는 살려 달라고 꿈지럭거리더군. 지랄하지 말라고 해. 그런 새끼들 파묻는 건 일도 아니야. 너도 마찬가지야. 나란히 묻히고 싶지 않으면 아가리 닥치고 있어. 내가 시키는 대로 하면 되는 거야.

녹음 기록은 거기까지였다.

무태식은 그 말을 듣고 머리를 북북 긁었다.

"죽였다는 건 알겠는데 누구를 죽였는지 알 수가 없네요."

노형진은 머리를 흔들었다.

"전 알 것 같습니다."

"네? 어떻게요?"

"제가 잘못 안 게 있네요."

"뭐죠?"

"우리는 남궁선태의 가족이 범인을 알려 주지 않으려고 한다고 생각했습니다. 그건 맞는 말이구요. 돈 때문에 사건을 덮으려고 했지요."

"그런데요?"

노형진이 기억을 읽었을 때, 그들은 지배자가 누군지 알지 못했다.

하지만 누군지도 모르는 상황에서 이렇게 일을 진전시킨 다는 것은 전혀 말이 되지 않는다.

더군다나 조용히 있다가 갑자기 서둘러서 결혼시키려고

한다? 그건 더욱 말이 안 된다.

그 성향에 대해 아는 가족들이 결혼시킨다고 그 성향이 바뀔 거라 생각하지는 않았을 테니까.

'즉, 전 지배자는 알지만 현 지배자는 모른다는 게 맞는 말이겠지. 그리고 전 지배자에게 변고가 생긴 것을 알고 아들을 통제할 수 있는 기회라고 생각해서 다급하게 결혼시켰다는 게 맞는 말이겠지.'

지배자에게 예속된 추종자가 결혼할 리 없다.

그렇게 생각하면, 결혼한 시점에는 지배자가 없었다는 소리가 된다. 그리고 그 영향력은 부모가 행사했다는 뜻이고.

'그 후에 새로운 지배자로 박명성이 나타났어.'

그 시기는 무척이나 짧다. 다시 말해서 그 시점을 기준으로 뭔가 바뀌었다는 것.

"잠시만요."

노형진은 얼마 전 과장으로부터 받아 온 카드 내역서를 확인했다.

"확실히……."

카드 내역서에 이상한 자금 이동이 생긴 것은 딱 결혼하고 얼마 후 시점부터다.

즉, 이때부터 박명성이 영향력을 가졌다고 봐도 된다.

"이 시기에 박명성이 등장했다면 전 지배자는 비슷한 시기에 사라졌다는 뜻이지요. 즉, 그 시기에 실종된 사람을 찾아

보면 될 것 같습니다."

"하지만 어디를? 세상이 얼마나 넓은데?"

"간단해. 우리가 박명성을 찾아낸 방법과 똑같지."

"찾아낸 방법?"

"그래. 지배자는 추종자를 가까이 두려고 한다."

"실종요?"

"네."

"흠……."

과장은 머리를 북북 긁었다.

갑자기 회사에 실종된 사람이 있느냐고 묻다니.

"그건 잘……."

"사장과 친밀했을 겁니다. 그런데 어느 순간 갑자기 사라졌을 겁니다. 사장도 그것에 대해 말하지 않았을 거고요."

"친밀하다……. 말하지 않는다……. 아!"

과장은 그 순간 뭔가 생각난 듯했다.

"한 명이 있네요."

"누군데요?"

"이사님요."

"이사?"

"네. 사장님이랑 같이 회사를 키우다시피 하신 분인데, 갑자기 퇴직 처리하셨어요."

"퇴직?"

"네, 사장님이 그렇게 하라고 하셨죠. 그러고 보니 소문으로는 경찰이 몇 번 찾아왔다던가?"

노형진은 자신이 찾던 사람이 그라는 확신을 가질 수 있었다.

경찰이 찾아왔다는 것은 그가 사라졌다는 증거다.

"사장은 그냥 퇴직 처리시키고?"

"네, 자세한 이야기는 하지 않았지만."

"그 이후에 뭔가 바뀌었나요?"

"그게…… 회사가 좀…… 어수선했죠?"

"어수선?"

"네, 사장님이 뭘 어떻게 해야 할지 갈피를 잡지 못했다고 할까?"

"그렇군요."

'맞군.'

노형진은 이해가 갔다.

그가 지배자이고 사장이 추종자였다면 이사가 모든 일을 명령했을 것이고 남궁선태는 그걸 따르는 형태였을 것이다.

같이 기업을 키웠다는 것은 그가 오래 함께했다는 뜻이다.

그리고 그가 전면에 나서지 않고 이사로 남아 있었다는 것은, 전면에 나서지 않으려고 하는 은밀한 지배자로서의 성향에도 맞아떨어진다.

"그 이후에 소식 들은 거 있습니까?"

"아니요."

어깨를 으쓱하는 과장.

그런 사람이면 회사에도 어떻게 해서든 소식이 전해져야 한다. 그런데 그것도 없다…….

"혹시 그 사람의 주소를 알 수 있을까요?"

"비어 있네."

"아무래도 환수 과정은 좀 걸리니까."

서웅섭 이사의 집은 비어 있었다. 가족도 없고, 유산을 받을 사람도 없다.

"가족이 없으면 재산은 국가 환수가 기본이니까."

문제는 서웅섭은 사망한 상태가 아니라는 것.

엄밀하게 말하면 실종이고, 그 때문에 국가에서 할 수 있는 것은 없다.

맨 처음 실종 신고를 낸 것도 아파트 관리실일 정도로 그는 주변에 관련된 자가 없었다.

"실종 상태로 몇 년이 지나서 사망이 확실해지면 그때 환수하겠지. 지금으로써는 국가에서도 뭘 할 수가 없으니까."

노형진은 먼지가 뽀얗게 앉아 있는 탁자를 스윽 문지르면서 말했다.

"이 사람이 전 지배자인 것은 알겠어. 하지만 어디서 죽었는지 어떻게 알아? 그리고 죽었다고 해도, 박명성이 죽였다는 증거도 없잖아?"

"일단은 하나씩 하자고."

노형진은 주변을 둘러봤다.

실종으로 처리되었으니 분명히 집은 사라지던 그날 그 모습대로일 것이다.

'기억을 읽어 볼까?'

하지만 그러기에는 증거가 너무 없다. 여기서 갑자기 살인이 어쩌고 하면 영 이상해 보인다.

'살인…… 살인……. 잠깐, 살인이라고 하면…….'

노형진은 찬찬히 주변을 둘러보았다. 그리고 이 집에 뭔가가 없다는 것을 알아차렸다.

"샤워 커튼이 없어."

"뭐?"

"샤워 커튼 말이야. 봐 봐. 샤워 커튼을 고정하는 플라스틱 봉은 있는데 정작 샤워 커튼은 없어."

"어? 그러네?"

손채림도 무심하게 살피다가 그제야 알아차렸다.

한 번도 와 본 적이 없는 곳에서 그걸 알아차리는 것은 쉬운 게 아니다.

"원래 없었던 거 아냐?"

"하지만 설치한 것을 보면 있었다는 거잖아? 그런데 철거하려면 봉도 철거하지, 커튼만 없애지는 않을 텐데?"

"그런가?"

"그래, 이런 경우는 보통 시체를 싸서 끌고 갈 때 쓰지."

"그러면 여기가 살인 현장이라는 거야?"

"그래."

노형진은 주변을 살폈다.

그러고 보니 이상한 게 눈에 들어오기 시작했다.

원래 자리에서 살짝 벗어나 있는 탁자와, 이상한 방향으로 놓여 있는 꽃병과, 그 아래에 있는 물의 자국.

"몸싸움이 있었던 모양이야."

누군지 모르지만 격한 몸싸움이 있었다. 그리고 그걸 정리한 것이 분명했다.

"박명성인가?"

"그럴 수도 있지."

아마도 추종자를 넘기라는 문제로 싸웠을지도 모른다.

하지만 서웅섭이 그걸 들을 리 없다.

단순히 추종자를 넘기는 문제가 아니다. 그가 넘어간다는 건 기업을 넘긴다는 소리나 마찬가지다. 자신이 애써 키운 기업을 말이다.

하지만 박명성의 입장에서도 그를 빼앗아야 자신의 삶을 지킬 수 있다.

백수가 되어 버린 지배 성향의 그가 기업에서 버틸 수 있을 리 없으니까. 사업을 하고자 해도 돈도 없는 상황에서 말이다.

"결국 싸움이 벌어졌고……."

노형진은 부서진 장롱을 열어서 그 안을 확인했다.

"아무래도 나이가 있는 서웅섭이 불리했겠지."

그리고 장갑을 낀 손으로 장롱 아래에 있는 캐리어를 당기자 그 안에서 나오는 수많은 성적 도구들.

"으엑."

그걸 본 손채림은 부르르 떨었다.

하지만 노형진은 그저 무심하게 바라볼 뿐이었다.

"일부가 비어 있어."

"뭐?"

노형진은 캐리어의 비어 있는 공간을 가리켰다.

상당한 부피를 가진 물건이 있던 공간이 비어 있었다.

"딱 옷 한 벌 정도 들어갈 것 같지 않아?"

"설마……."

실리콘으로 된 옷. 그것 때문에 흔적이 남지 않았을 거라 했을 것이다.

'공급자와 소비자.'

남궁선태가 추종자이기는 하지만 공급자인 셈이기도 했다. 뭔가를 요구한다면 박명성은 들어줄 수밖에 없다.

　그리고 그런 복장을 요구했다면…….

　'구할 수 있는 곳이 없지.'

　박명성은 사디스트, 즉 가학성애자이기는 하지만 다른 사람들과 접촉도 없었고 이런 쪽으로 체계적으로 배운 적이 없다고 했다.

　그렇다면 그런 옷을 어디서 구했을까?

　"빙고."

　노형진은 몸을 숙여서 사방을 살피다가 씩 웃었다. 희미하게 지문이 보였던 것이다.

　"이 지문이 박명성의 지문이라는 것에 1억 건다."

　"나 거지거든! 그리고 나도 그쪽에 걸 건데 그러면 내기가 안 되잖아?"

　그 지문을 보고 손채림도 확신을 가진 듯했다.

　"그리고…….”

　노형진은 옷을 바라보았다.

　가지런히 정리되어 있는 옷들. 그런데 그중 한 벌이 이상하게 흐트러져 있었다.

　살짝 안을 들여다보니 안쪽에 있어야 할 바지가 없었다.

　"바지가 없네."

　"그냥 세탁소에 둔 거 아냐?"

"아닌 것 같은데."

서웅섭의 옷장을 보면 모든 옷이 가지런하게 정리되어 있다. 양복이 가득했는데, 양복 재킷의 안쪽에 바지가 걸려 있는 형태였다.

즉, 그는 그 모든 것을 세트로 입었다는 소리다. 다들 그러니까.

"그런데 한 벌만 꺼내서 입었을 리 없지."

"그런데?"

"그런데가 아니라 그리고야."

노형진은 자리에서 일어났다. 그리고 목욕탕으로 향했다.

잠시 후, 빨래 바구니에 들어 있는 한 벌의 옷을 꺼내 들었다.

"그게 왜? 청바지잖아?"

"그렇지."

"그게 왜?"

"너, 옷장에서 양복을 제외한 다른 옷 봤어?"

손채림은 다시 그곳에 가서 확인하고 돌아왔다. 그리고 고개를 흔들었다.

양복을 제외한 다른 옷은 없었다.

"그런데 뜬금없이 청바지 하나만 빨래 바구니에 던져져 있다? 말이 안 되잖아? 그리고 이 바지, 생각보다 작아. 덩치가 좀 있는 서웅섭이 입기에는 말이지."

"설마 누군가가 바지를 갈아입고 갔다는 소리야? 말이 되냐? 어떤 미친놈이 살인 현장에서 바지를 갈아입어?"

"그럴 수밖에 없는 상황이었다면?"

"뭐?"

노형진은 욕실의 불을 끄고는 파란색의 자외선 손전등을 꺼내서 바지 안쪽을 비추었다.

그러자 그 안에서 파란색으로 빛나는 무언가가 보였다.

"빙고."

노형진은 드디어 잡은 증거에 미소를 지었다.

"박명성 씨?"

"뭐야?"

박명성은 자신을 바라보는 남자들의 말에 짜증스럽게 대꾸했다. 남자들은 뭔가를 꺼내서 그에게 내밀었다.

"서웅섭 씨의 살인 혐의로 당신을 체포합니다."

"뭐?"

"서까지 동행해 주셔야겠습니다."

경찰의 말에 그는 멍하니 그들을 바라보다가 순간적으로 몸을 틀어서 도주하려고 했다.

하지만 경찰들이 사람을 한두 번 잡아 본 것도 아니니 기본적으로 도주할 것을 염두에 두고 있었다.

"컥!"

채 세 걸음도 가기 전에 몸을 날린 경찰 때문에 쓰러진 박명성.

경찰은 짜증을 내면서 수갑을 꺼내어 그의 팔에 강제로 걸었다.

"하여간 말로 안 돼요, 개 같은 새끼."

"욕은 하지 말고 미란다원칙이나 읽어 줘."

"아, 맞다. 박명성. 당신은 변호사를 선임할 권리가 있다. 변호사 선임이 불가능하다면 국가에서 국선변호인을 선임해 줄 것이다. 그리고 당신은 묵비권을 행사할 권리가 있으며……."

"놔! 놓으라고, 이 새끼들아!"

발악하는 박명성.

하지만 그를 놔줄 경찰이 아니었다.

그들에게 강제로 끌려가는 박명성. 노형진은 그 모습을 바라보면서 싱긋 웃었다.

"어떻게 안 겁니까?"

백학규 변호사는 피날레를 보러 오라는 말에 황급하게 왔다가 박명성이 체포당하는 모습을 보고는 당황했다.

자신은 어떤 상황인지 이해도 못 했는데 뜬금없이 저 녀석이 범인이라니.

"뭐, 말하자면 복잡합니다만."

노형진은 머리를 절레절레 흔들었다.

그들의 세계는 여전히 이해 불가능이니까.

"결론만 말하면 변태성욕과 돈이 엮여 있는 일이었습니다."

"변태성욕?"

"네."

간략하게 늘어놓은 노형진의 설명에 그는 기가 막혔다.

"그런 일이 있었습니까?"

"네. 결국 제삼자가 저지른 거지요."

"헐……."

"아마 취조하면 나올 겁니다. 관련 증거가 나올 테니까."

"그런데 도대체 왜 거기서 그런 증거가 나온 겁니까? 지문이야 그렇다고 치고 정액이라니?"

서웅섭의 집에서 발견된 청바지에서는 정액이 나왔다. 그것도 박명성의 정액이.

그러니 그가 빼도 박도 못할 상황이 되어 버린 것이다.

"박명성은 가학성애자니까요. 아마 목을 졸라서 살해했을 겁니다."

"가학성애자?"

"네."

남에게 고통을 줌으로써 자신의 만족을 추구하는 자.

그런 그가 살인을 하게 되면 어떻게 될까?

"연쇄살인범들 중에는 살인하는 와중에 사정했다는 놈들이 종종 있지요."

"그…… 그래요?"

"네."

서웅섭과 박명성은 분명히 몸싸움을 했을 것이다.

그 와중에 서웅섭이 지고, 박명성은 그를 제압하기 위해 어떤 방식으로든 죽이려고 했을 것이다.

당연히 그 고통에서 벗어나기 위해 서웅섭은 발악했을 것이고, 그게 박명성에게 일종의 쾌감을 제공한 것이다.

"문제는 그걸 계획하고 간 게 아니라는 거죠."

뒷수습을 해야 하는데 정액이 묻어 축축한 바지가 거치적거릴 수밖에 없다.

"그래서 벗어 둔 거죠. 그리고 잊어버린 겁니다."

그리고 그게 박명성의 가장 큰 실수였다.

"문제는, 몸은 그 감각을 기억하고 있다는 거죠."

"몸은 기억한다?"

"네."

살인의 자극을 겪어 보자 일반적인 행위로는 욕구불만일 뿐이었을 것이다.

그러다가 동일한 상황, 즉 목을 조르는 상황이 오자 이성이 날아가면서 브레이크가 걸리지 않았던 것이리라.

"자기는 실수라고 생각했겠지만."

한 번 살인의 쾌락에 몸을 맡긴 그는 계속 살인을 할 수밖에 없었으리라.

"아마도 남궁선태 씨를 죽인 것도 취조해 보면 나올 겁니다."

"헐."

전혀 예상하지 못한 방식으로 해결된 사건을 보면서 백학규 변호사는 혀를 내두를 수밖에 없었다.

$$\text{⚖}$$

"뭘 보냐?"

노형진은 지나가다가 손채림의 화면에 떠 있는 여자들의 사진을 보고는 고개를 갸웃했다.

"응? 이거? 이력서."

"이력서? 우리 신입 뽑을 계획 없는데? 그리고 그걸 네가 왜 봐?"

"그게 아니라, 마담이 보내 주던데. 내 취향에 맞을 거라고."

"쿨럭."

자신도 모르게 기침을 하는 노형진.

이 무슨 황당한 소리란 말인가?

"아니, 이게 뭔 소리야? 너, 진짜로 그쪽으로 가 보려고?"

"미쳤냐? 난 굳이 말하자면 수비 쪽이라고."

"그런 의미가 아니거든? 에비, 에비."

화면을 닫고는 메일을 휴지통에 넣어 버리는 노형진.

그러자 그걸 보면서 손채림은 깔깔 웃었다.

"진짜 그쪽으로 가려는 거야?"

"그럴 리가. 다만 이번 사건을 보면서 나도 좀 인맥을 늘려 봐야 할 것 같아서 부탁한 거야."

"인맥?"

"그래. 변태에 가학성애자에…… 사디스트니 마조히스트니…… 난 도무지 이해하지 못할 세계라고."

하지만 노형진은 그 세계를 알고 있었고, 그래서 이 사건을 해결할 수 있었던 것이다.

"그래서 인터뷰할 사람 좀 소개해 달라고 했어."

"흠……."

하긴, 사건이 벌어졌을 때 그쪽으로 생각할 사람이 얼마나 되겠는가?

노형진은 미국에서 이런 사건을 겪어 봤으니 알지만 말이다.

"조사만 해라. 조사만……."

"알았다고."

피식 웃으면서 쓰레기통에 있는 파일을 복구하는 손채림.

"그나저나 사건은 해결된 거야?"

"결국 박명성이 사실을 말한 모양이야. 증거가 넘치니 어쩔 수 없었겠지만."

그의 집에서는 예상대로 서웅섭의 집에서 사라진 실리콘 복장이 나왔다. 그리고 그쪽으로 작심하고 추적하기 시작하자 여러 증거가 나왔다.

"아슬아슬했어. 아마도 그냥 뒀으면 연쇄살인범이 되었을 거야."

"그런가?"

"그래."

그 쾌감이 살인에서 기인한 것이라는 것을 깨닫는 데에는 얼마 걸리지 않았을 것이다.

그리고 그걸 즐기기 위해서라면 그는 살인도 불사할 작자였다.

"다행히 남주미는 풀려났고."

그 과정에서 남친은 제대로 뺑 차였다.

사실 그녀의 경우 그가 같이 있었다는 증언만 해 줬으면 애초부터 그런 일을 겪지도 않았을 것이다. 그런데 도망가는 바람에 일이 틀어진 거니까.

"남자는 지금쯤 땅을 치고 후회하고 있겠지."

남주미는 남궁선태의 재산을 물려받아서 기업을 운영하게 되었다.

가족들은 당연히 빼앗으려고 했지만, 범인을 은폐한 정황이 드러나면서 결국 소송에서 져서 그럴 수가 없었다.

"이런 사건은 다시 만나고 싶지 않다. 너무 복잡해."

"미 투다. 하지만 언젠가는 또 만날지도 모르지."

어깨를 으쓱하는 노형진.

손채림은 그런 그의 말을 들으면서 화면을 가리켰다.

"어때?"

"뭐가?"

"이 아가씨 말이야. 네 타입 같은데. 성향이 순종이라는데?"

"난 멀쩡하다고!"

"호호호."

분노하는 노형진을 본 손채림은 웃으면서 도망가 버렸고, 노형진은 그 메일을 다시 한 번 쓰레기통에 넣을 수밖에 없었다.

블랙 메일

"많이 바뀌었네요?"

노형진은 채시영을 보고 빙긋 웃었다.

과거 술집에서 일하던 그녀는 이제는 당당한 술집의 사장이 되어 있었다. 그래서 그런지 지금은 과거처럼 색기가 넘치는 얼굴을 하고 있지는 않았다.

아마도 화장을 바꾼 모양이었다.

"나름 일을 해야 하니까요."

채시영은 그때는 볼 수 없었던 청순한 모습이었고, 그걸 보고 노형진은 속으로 혀를 내둘렀다.

'조심하자, 화장발이라더니.'

그때는 완전히 색기 넘치던 그녀가 이렇게 청순한 타입으로

변신할 줄 몰랐기 때문에 속으로 깜짝 놀랄 수밖에 없었다.

"그런데 술집을 열다니 의외군요. 그때 돈을 받기는 했다고 하지만 그래도 술집을 열 정도는 아니지 않았나요?"

"술집 열 때 자기 돈으로만 여는 사람이 어디 있어요?"

"그럼?"

"안당 마님께서 지원해 주셨어요."

"안당 마님이?"

노형진은 고개를 갸웃했다.

그럴 수밖에 없는 게, 안당 마님은 노형진의 큰손님 중 한 명으로 뒷세계에서 여자들을 꽉 잡고 있는 사람이기 때문이다.

원래는 다안이라는 최고급 기생 술집을 운영하고 있었지만 기생을 찾는 사람이 많이 줄어든 현재는 다안기생문화연구원이라는 일종의 사설 연구소를 운영하고 있었다.

"어, 저기…… 갭이 너무 큰 것 같은데요?"

노형진은 고개를 갸웃했다.

물론 '화류계'라고 하는 부분은 같다.

그러나 안당의 방침이 과거 기생으로부터 파생된 최고급의 상류 유흥이라면 채시영은, 이런 말 하면 그렇지만 소위 2차로 표현되는 저급 술집 문화였기 때문이다.

비교하자면 최고급 리무진 대여 서비스와 택시만큼이나 거리가 있었다.

"누구 덕분이지요."

"누구?"

"대출을 알아보는 와중에 안당 마님이 먼저 연락을 주셨어요. 노 변호사님이랑 연관이 있는 거 안다면서."

"아, 그래요?"

"네."

안당은 그녀가 다른 사람들을 위해 나서서 노형진을 선임하고 사건을 해결하려고 한 것을 높이 샀다고 한다.

누군가는 나서서 그렇게 해야 밤에 일하는 수많은 여자들이 무시받지 않는다면서.

"그러면서 저한테 새로운 사업을 권해 주더군요."

"새로운 사업?"

"네. 기생과, 기존에 있던 업소와의 중간이라고 할까?"

"중간요?"

"클래식과 일반 가요의 퓨전도 있는데 다른 게 없으라는 법은 없잖아요?"

"그건 그렇지요."

노형진은 듣다 보니 이해가 간다는 듯 고개를 끄덕거렸다.

소위 말하는 기생 문화는 최고급이다. 한 번 술 마시는데 몇백만 원이고, 오로지 부자만을 위해 구성된다.

그에 반해 저급 문화는 수많은 사람들이 올 수는 있지만 당당하게 나설 수 없는 문화다.

"그리고 관광학적으로 즐길 만한 것은 아니지요."

"관광이라……."

"네, 안당 님께서는 공장만으로는 살 수 없다고 했어요. 술집에서 일한다고 누군가는 무시할 테지만, 현실은 똑바로 봐야 한다고요."

소위 말하는 기생 관광.

일본이나 한국에서 많은 부자들이 한때 왔던 관광이다.

좋게 말해서 기생 관광이라고 하지, 사실상 성매매 관광을 뜻한다.

"안당 님은 그걸 제대로 바꿔 보려고 하시더라고요. 그런 가게를 한번 해 보라고 하셨지요."

"아."

안당이라면 그럴 만하다.

힘이 없는 늙은이라고 맨날 입으로만 떠들면서 그 안에는 수십 년 묵은 능구렁이가 살고 있는 노인이니.

'그런데 왜 회귀 전에는 이런 일이 없었지? 아…….'

생각해 보니 원래 역사에서 안당은 벌써 죽었어야 했다. 과거를 연구소로 바꾸는 과정에 아랫사람들이 범죄를 꾸며서 말이다.

하지만 이번에는 노형진이 나서서 그걸 일망타진했기 때문에 살아남은 것이다.

'대룡과 마찬가지로군.'

대룡 역시 노형진이 나서면서 기업이 살아남았으니까.

"그래서 그런 곳을 하고 있지요."

단순히 술과 여자만 파는 게 아니다. 충분한 실력이 되는 사람에게 영어와 일본어, 중국어 등을 가르치고 기생으로서의 기본적인 행동거지를 가르친다.

술집 여자라는 그 타이틀이 어디 가는 건 아니지만, 스스로 가치를 높이는 것이다.

"일본의 게이샤 이상의 뭔가를 만들고 싶어 하셨어요."

"게이샤라……."

게이샤는 일본의 기생이다.

하지만 그 이미지를 제대로 관리한 일본 덕분에 게이샤의 이미지는 성매매보다는 예능인에 가깝다.

"좋은 생각이군요. 그런데 그것 때문에 저희를 찾아온 건 아닐 테고."

"그러고 보니 본론을 이야기하지 않았군요. 노 변호사님도 바쁘니 바로 본론으로 들어가죠."

채시영은 노형진에게 그녀가 여기까지 찾아온 이유를 말하기 시작했다.

"아는 동생 가게에 문제가 생겼어요."

"네? 아는 동생 가게요? 단속이라도 당한 건가요?"

"그런 걸 가지고 노 변호사님을 찾아올 만큼 염치없지는 않아요. 그런데 새로 온 애가 문제죠."

"새로 온 아이?"

"네, 원래는 그다지 신경을 안 쓰는데, 상황이 딱해서요."

"무슨 일인데요?"

"결국은 돈이죠, 뭐."

성매매 업소라고 해서 무조건 술을 파는 공간만 있는 것은 아니다.

다른 형태를 가진 업소도 있는데, 그 아는 동생이라는 녀석이 그런 업소를 한다.

"거기에 들어온 신입이, 고아예요."

"그게 문제인가요?"

"아뇨. 문제는 한국대생이라는 거죠."

"한국대생?"

노형진은 고개를 갸웃했다.

한국대면 대한민국에서 손꼽히는 대학이다. 그런 곳에 들어간 사람이 술집 신입이라니?

"한국대생이라······. 사정이 있나 보군요."

"뭐, 뻔한 거죠."

고아원, 정확하게는 보육원은 만 18세가 되면 사회로 나가야 한다.

그러나 단 하나 유예되는 경우가 있는데, 그것은 바로 그곳에 있는 아이가 대학생이 되는 것이다.

학생 신분이기 때문에 나가는 것을 유예해 주는 것이다.

"문제는 그게, 나가는 것만 유예한다는 거죠."

"이해가 갑니다."

말 그대로 자는 것만 해결되는 것이지, 등록금이나 입학금, 쓰는 돈까지 해결되는 것은 아니다.

노형진은 그 부분까지 듣고 모든 사태를 알아차렸다.

"발을 잘못 들였군요."

"다급한 상황에서는 어쩌겠어요. 제가 이 바닥에 있으면서 하기에는 좀 창피한 말이지만, 여기에 들어오고 싶어서 들어오는 놈은 없으니까. 이 바닥에 들어온 사람 중에서 제대로 된 집에서 제대로 된 교육을 받은 사람이 얼마나 될 것 같아요? 나만 해도 그렇고. 현실은 언제나 시궁창이죠."

"현실이라는 건 그런 거죠."

얼마 후면 막대한 등록금과 입학금을 내야 한다. 그리고 그와 관련된 수많은 비용이 들어간다.

과거에는 상아탑이라 불렸던 대학들은 소 팔아서 보내서 우골탑이라 불리다가 부모 팔아서 보낸다고 인골탑으로 달리 불리게 된 지 오래.

"한국대에 들어갈 정도로 머리가 좋지만 장학금은 무리죠."

"그렇겠지요."

아무리 머리가 좋아도 부모들에게서 빵빵한 지원을 받으면서 과외며 학원이며 교육받았던 애들과 경쟁이 될 리 없다.

그나마 한국대에 입학한 것도 기적.

"그래서 화류계에 들어온 거군요."

"등록금을 벌어야 하니까요. 자기 말로는 잠깐만 일한다고 했어요."

"기가 막히군."

학생이 등록금을 벌기 위해 매춘해야 하는 현실에, 노형진은 기가 막혔다.

"대출은 알아봤다고 하나요?"

"네, 하지만 고아라는 게 문제라고 하더군요."

일반적으로 대출을 알아보면 대부분 어느 정도는 나온다. 하지만 고아라는 사실 때문에 대출마저도 거부당해서 남은 기간 동안 그 돈을 벌 수 있는 방법이 없었다.

"결국 선금을 받은 모양이군요."

"네."

"그런데 그걸 먹고 도망간 겁니까? 솔직히 이런 말 하면 그렇지만, 그런 돈을 받아 주고 싶진 않은데요?"

"네? 아니에요. 그런 거면 변호사가 아니라 어깨를 쓰겠지요."

"그럼?"

"그것 때문에 협박당하고 있어요."

"협박?"

"네."

하필이면 손님 중 한 명이 담임이었다는 것.

재수가 없으려니 별 거지 같은 상황이 다 생긴 것이다.

"그래서 협박당하는 겁니까?"

"네."

돈뿐만 아니라 잠자리까지 요구하면서 끊임없이 협박을 하고 있다고 한다.

"보통은 알아서 해결하잖아요?"

화류계에서 이런 일이 아예 없는 건 아니다. 그래서 이런 일이 생기면 어깨가 가서 적당히 겁을 주거나 해서 물러나게 한다.

"그런데 이 녀석이 증거까지 모아 둔 모양이에요."

"뭐라고요?"

"네. 녹취록 같은 거요."

"미친."

그러니까 담임이라는 새끼가 제자를 협박한다는 것이다.

아직 졸업식이 끝나지 않은 시점이니 명백하게 제자다.

"처음에는 일하는 곳에서 하는 수준이더니, 이제는 학교 에서도 노골적으로 요구하는 모양이에요."

"학교에서도요?"

"네."

"이런."

"솔직히 말해서 공부 잘하고 예쁘고 성격 좋으니 우리 쪽 에서는 아까운 인재이긴 한데, 우리 쪽에 오라는 건 한국대 까지 들어간 아이 인생 망가지라는 소리니까 때려치우고 오 라는 소리는 못 하겠고……."

"담임은, 만일 거부하면 증거를 공개하겠다는 건가요?"

"네. 그런데 그렇게 되면 그 애 인생은 끝이거든요. 유아교육학과예요."

"큭."

노형진은 고개를 절레절레 흔들었다.

확실히 계속 공부할 수 없는 처지인 그녀의 입장에서는 바로 취업하기 좋은 유아교육학과가 좋은 선택이기는 하다.

하지만 학부모들이 선생님의 과거에 대해서는 무척이나 예민하기 때문에 만일 그런 사실이 외부에 드러나면 취업은 커녕 바로 잘리고 말 것이다.

"전에도 해결하셨다면서요? 그래서 안당 마님이 가 보라고 하셨어요."

"하기야 했지요. 하지만 그때랑은 상황이 좀 많이 다른데요."

안당의 가게에서도 비슷한 사건이 있었다. 하지만 그때와 지금은 사건이 전혀 다르다.

그때는 증거가 있는 것도 아니었고 그냥 주장만 하는 정도였으며, 2차는 없었다. 하지만 이번에는 아는 사람에, 증거까지 있다고 한다.

또한 그때는 상대방이 유명인이라 언플을 통해 정보를 허위 사실 안에 넣어서 한꺼번에 헛소리로 만들어 버렸지만 이번에는 그것도 안 된다.

"안당 님이 화가 나셨겠군요."

"네."

안당은 이 세계에서 살아온 거목 같은 존재다. 그래서 이런 도발이 들어오면 크게 화를 낸다.

"일반인이면 당장 사람을 보냈겠지만, 선생이다 보니 그것도 좀 조심스럽네요."

"그건 상관없지 않습니까? 사람 취급도 하기 싫은 놈인데."

노형진은 언짢은 얼굴이 되었다.

선생이라는 작자가 제자를 강간하는 꼴이 아닌가?

설혹 제자가 다급해서 잘못된 길을 갔다고 해도 선생이라면 그곳에서 꺼내 줘야지, 그걸 이용해서 자신의 탐욕을 채우려 하다니.

"알아요. 하지만 어깨를 동원하면 그게 또 약점이 되죠. 그리고 폭행당했다고 그 녀석이 보복으로 증거를 뿌릴 수도 있고. 그렇다고 우리가 다시 사람을 보내면 그때는 경찰이 끼어들거든요. 확실하게 그 애의 인생은 망가지는 거죠."

"흠……."

어깨를 동원해서 밟아 버리면 당장은 해결될지도 모른다.

하지만 반대로, 어깨에게 그 약점이 넘어간 것이나 마찬가지다.

거기에다 디지털 시대에 증거를 빼앗는다는 것은 사실상 불가능하다. 사본을 만드는 것이 어려운 일이 아니니까.

"어차피 이 바닥에서 계속 굴러먹을 아이라면 모르지만……."

그럴 생각이나 계획이 없으니 이건 나중에 문제가 생긴다.

'일단은 안당 마님이 보냈다고 하면 입은 다물겠지만.'

하지만 안당이 20년을 살지 30년을 살지 알 수가 없는 노릇이다. 정정하다고 하지만 어찌 되었건 그녀의 나이가 적지 않은 상황이다.

만일 그녀가 무너지고 그 뒤를 이를 사람이 제대로 된 사람이 아니라면 조폭들은 차곡차곡 모아 둔 정보를 가지고 여자들을 압박하면서 자신들이 그 시장을 집어삼키려고 할 것이다.

'그래서 안당도 최대한 합법적으로 일을 해결하려고 하는 거고.'

노형진은 상황이 이해되었다.

"이걸 조용히 해결하고 싶어요."

"무리네요. 기본적으로 협박이기는 한데……."

블랙 메일, 즉 협박이 확실하다.

이건 신고하면 확실하게 처벌받는다, 그것도 아주 강력하게.

'문제는 그게 협박이라는 거지.'

협박이라는 것은 상대방이 이 약점 때문에 신고하지 못한다는 것을 알고 있기 때문에 가능한 것이다.

즉, 경찰이 끼어들면 당연히 사실을 말해야 하고, 그러면 경찰은 성매매를 이유로 처벌할 게 뻔했다.

'그렇게 되면 당연히 인생은 끝나는 거지.'

상대방도 그걸 알고 있기에 협박하는 것이다.

'이거 완전히 골 때리는 상황이네.'

결국 법을 이용한 방식에는 한계가 있다는 것.

"이런 걸 전문적으로 해결하는 사람은 없거든요."

"그건 그렇지요."

채시영의 말에 노형진은 고개를 끄덕거렸다.

다른 변호사들은 법에는 전문가일지 몰라도 이런 사건을 해결하는 법은 잘 모른다.

반대로 조폭들은 극단적인 방법을 써서 상대방을 묻어 버리려고 하기 때문에 적당히 멈추는 것이 힘들다.

"잘 부탁드립니다."

"제가 거절할 거라는 가능성은 전혀 생각 안 하시는군요."

"안당 마님은 안 그럴 거라고 하던데요?"

노형진은 입맛을 다실 수밖에 없었다.

그녀가 자신의 머리 위에 있는 느낌이었기 때문이다.

⚖️

"헐, 그러면 어쩌려고?"

"글쎄…… 방법을 찾아봐야지."

"아직도 졸업하기까지는 시간이 좀 있는데."

"흠……."

가장 큰 문제는 학교라는 공간이다.

아무리 수능이 끝나고 졸업을 앞두고 있다지만 학교라는 공간에 무조건 안 나갈 수는 없다. 그러나 일단 가면 끊임없이 추근댈 것은 당연한 일.

"그냥 전처럼 가짜 사실로 묻어 버리면 안 돼?"

전에 비슷한 일이 생겼을 때는 그렇게 했다. 하지만 이번에는 그 방법을 쓸 수가 없었다.

"그때는 유명인이라 가능했던 거야. 그렇지 않은 경우는 도리어 오점만 남아."

"오점?"

"그래."

전에 있던 일은 어찌 되었건 데뷔한 연예인인 상황이었다.

그러니 가짜 사실을 무차별적으로 터트리고 그 안에 진짜를 감추고, 모조리 한데 묶어서 명예훼손과 허위 사실 유포로 처벌하면서 당사자까지 처벌을 해 버림으로써, 결과적으로 그 녀석이 아무리 떠들어도 누구도 믿지 못하게 만들었다.

"하지만 이번에는 고작 학생이야. 언론이 관심을 가질 만한 게 아니라고. 도리어 해명이 인터넷에 안 퍼질걸."

"응?"

"인간은 원래 좋은 것보다는 나쁜 걸 더 좋아하거든."

자신들이 무차별적으로 가짜 사실을 유포하면 퍼져 나가는 속도는 어마어마할 것이다. 하지만 나중에 해명하거나 명예훼손한 것을 처벌하면, 그건 뉴스에 나가지 않는다.

"나중에 인터넷으로 누군가가 그녀에 대해 찾기 시작하면 당연히 해명보다는 우리가 퍼트린 가짜 사실이 퍼질 거야. 연예인이 아니니까 언론사에서 그걸 이야기하지도 않을 테지. 그럼 결과적으로 당장 문제를 덮을 수 있을지는 몰라도 어떻게 보면 지금보다 더 독하게 인생 망치는 일이지."

손채림은 머리를 부여잡고는 신음을 흘렸다.

"와, 무슨 사건 난이도가 이렇게 높아?"

"그러니까 나한테 온 거지."

그냥 신고해서 가뿐하게 처벌하고 끝낼 수 있으면 다른 사람에게 갔지, 자신에게 오지는 않았을 것이다.

"강간으로 몰고 가면 안 되나? 틀린 건 아니잖아?"

"틀린 건 아니지."

사람들은 강간이라고 하면 힘으로 찍어 누르거나 술을 먹여서 꼼짝도 못 하게 한 상황에서 하는 거라고 생각한다.

하지만 절대적으로 영향력을 주는 자리에 있는 사람이 그 영향력을 이용해서 하는 강간도 강간에 들어간다.

"전에 검사가 말하기는 했지."

상대방이 누구든 거절하는 순간 강간이다. 그게 맞는 말이다.

"문제는 그걸 까발리는 순간 우리 쪽 피해자가 입는 피해가 더 크다는 거야."

강간으로 고소해 봐야 이쪽 피해자는 인생이 박살 난다.

물론 상대방도 피해야 입을 테지만…….

"상대방이 그다지 큰 피해를 입을 것 같지는 않아."

직업이 선생님에, 전과도 없다. 소위 말하는 선처의 조건에 들어간다.

"그리고 우리나라의 학교 문제 알잖아?"

"학교 문제?"

"이런 문제가 터지면 전교생을 동원해서 처벌하지 말아 달라고 탄원서 내줄걸."

"아…….

손채림은 고개를 끄덕거릴 수밖에 없었다. 실제로 그렇기 때문이다.

이 나라에서는 문제가 생기면 일단 피해자를 쫓아낼 생각을 한다. 사건을 덮기 위해서다.

당연히 범죄 관련 가해자에게는 탄원서로 형량을 줄이려고 한다. 이 역시 마찬가지로 사건을 덮기 위해서다.

"거기에다 그 학교가 사립이란 말이지."

공립과 사립은 문제를 일으킨 선생에 대한 대우가 너무나 다르다.

공립 같은 경우는 일단 국가공무원이기 때문에 처벌을 안할 수 없지만 사립의 경우는 백이 있는 경우 거의 안 잘린다고 봐야 한다.

"그리고 애초에 대부분의 사립은 백 없이는 못 들어간다는 게 문제야."

"응?"

"사립에서 선생님 자리 하나 얻으려면 뇌물이 1억이나 들어간다고."

"헐."

그렇다 보니 신고해서 처벌해도 손해 보는 것은 피해자뿐이다.

정작 가해자는 상대적으로 피해가 없다고 봐도 무방하다.

"일단은 의뢰인을 만나 보는 게 좋겠네."

"그렇겠지."

노형진은 머리를 북북 긁으면서 말했다.

⚖

"방서윤이에요……."

절망적으로 고개를 숙인 아이는 첫 인사 이후 말을 하지 않았다. 아니, 할 수가 없었다.

'이런…… 벌써 트라우마 단계인가?'

애초에 이런 아이가 화류계에 들어간다는 것 자체가 상당히 양심의 가책을 동반하는 일이다. 하물며 어쩔 수 없이 쫓겨 들어간 아이가 멀쩡할 리 없지 않은가?

그런 상황에서 이런 꼴을 당하니 사람이 미쳐 가지 않으면 그게 이상한 일.

"노형진이라 합니다."

노형진은 그런 그녀를 일단 성인으로 대접해 주기로 했다.

이 상황에서 애처럼 대접하면 그마저도 자존감이 붕괴될지도 모르기 때문이다.

"사정은 들었습니다."

"제가 멍청했지요? 단순히 돈을 준다고 그쪽으로 가면 안 되는 건데……. 이게 제가 다 멍청해서 생긴 일이에요."

"아닙니다. 실수는 누구나 할 수 있습니다. 그걸 이용해서 사리사욕을 채우는 게 문제지요."

"맞아요. 학생이 실수할 수는 있지만 선생이 그러면 안 되는 거죠. 배워 가는 거니까 학생인 거죠. 안 그래요?"

이런 건 남자인 노형진보다 여자인 손채림이 훨씬 더 나은 편이기 때문에 손채림이 그녀를 다독거리는 것을 노형진은 말리지 않고 그저 바라보기만 했다.

그렇게 그녀가 어느 정도 진정된 후에 노형진은 입을 열었다.

"아직도 학교에서 치근덕거리나요?"

"네…… 매일 그래요……. 그래서 벌써 일주일째 학교에 못 가고 있어요."

그나마 수능이 끝나서 학교에서 문제 삼지 않고 있지만, 담임은 매일같이 보육원에 전화해서 학교에 안 온다고 다그치고 있단다.

"보육원 선생님은 착하신 분 걱정 그만 시키라고 하지만……."

그 녀석이 학교에 오라고 하는 것은 학교에서 온갖 변태스러운 짓을 하려고 하는 것이다.

단순히 상상이 아니라, 실제로 말이다.

'미친 새끼.'

노형진은 이를 빠드득 갈았다.

"아무리 그래도 학교는 가야 하는데……."

너무 빠지면 나중에 문제가 될지 모르기 때문에 방서윤도 학교에 가고 싶었다. 그러나 그곳에 가면 무슨 꼴을 당할지 알고 있으니 갈 수가 없었다.

차라리 수능이 안 끝났으면 수업이라도 하면서 피하겠는데, 지금은 수능 끝난 때라 완전 방임이라서 선생이 부르고 몇 시간 동안 안 보여도 아무도 신경 쓰지 않는다.

"도움을 청할 곳은 없나요?"

"아니요."

방서윤은 고개를 흔들었다.

보육원 원장에게 말하자니 보육원 원장으로서도 방법이 없고, 그대로 두자니 이 미친놈은 자신이 대학에 가더라도 계속 따라올 게 뻔했다.

'아니지. 평생 따라다니겠지.'

유아교육학과 출신이라는 특성상 이 약점은 치명적이다. 당연히 그 녀석은 이걸 평생 이용해 먹을 것이다.

"그냥…… 그만두고 공장이나 갈까 생각 중이에요."

"공장요?"

"네."

그냥 그만두고 지방에 있는 공장으로 가 버리면 그가 찾아올 수는 없다.

핸드폰도 바꾸고, 완벽하게 숨어 버린다면 말이다.

'그렇지만 그렇게 되면 머리를 썩히는 셈이 된다.'

애초에 보육원은 제대로 공부할 수 있는 공간이 아니다. 애들이 많아 시끄럽고, 제대로 지원도 안 된다.

그런 공간에서 공부해서 한국대에 갈 정도면 어마어마하게 머리가 좋은 것이다.

'그런 인재를 망가트릴 수는 없지.'

"걱정하지 마세요. 제가 다 해결할 테니까요."

노형진은 그렇게 말하면서 그녀를 다독거렸다.

⚖

"아, 씨발……. 진짜 대책 없네. 무슨 범죄라도 저질러서 죽여 버려야 하나."

법이라는 게 막혀 버리자 당장 대책이 없었다.

사회적으로 유리한 것은 범죄자인 황규성이다. 자리도 그렇고, 지원해 주는 사람도 그렇고. 그런 상황에서 법조차도 지켜 주지 못하는 상황이니 도무지 답이 안 보였다.

"차라리 그냥 범죄를 저질러?"

"그러면 쓰나. 아무리 그래도 우리가 조폭도 아니고."

"서중섭을 쓰는 건 어때?"

"서중섭 씨?"

"응. 그 사람, 범죄 설계 전문이잖아? 그러니까 이런 것도 잘 알 것 같은데."

"글쎄, 그렇지는 않을걸."

"응?"

"그 사람이 아는 건 대부분 힘 있는 자들을 지키기 위해 하던 방식이야. 그러니 이런 피해자의 입장에서는 잘 모르는 경우가 많아."

"그런가?"

"그래. 이미 몇 번 이야기해 봤어."

그는 철저하게 부자들을 위해 움직였다. 그래서 여러 가지 범죄 설계를 했지만, 기본적으로 상대방이 부자가 아닌 경우 움직임에 제한이 많았다.

"그래서 뭐라는데?"

"간단하게 말하더라, 그냥 애들 보내서 작살나게 패면 된다고."

"헐."

"틀린 말은 아니지."

당연히 틀린 말은 아니다.

문제는, 그렇게 하는 방법은 이쪽에 힘이 있을 때 가능하다는 것이다.

물론 노형진이 있으니 당장은 힘이 있을 수 있다. 그러나 장기적으로는 노형진이 없다는 점을 감안해야 하니 그 작전은 빼야 한다.

"애초에 청계는 상위 몇 퍼센트만을 위해 범죄를 설계하던 집단이야. 정의 같은 것과는 상관없지."

그러니 일반인들에 대해서는 그다지 효용성이 없다. 그걸 실행할 방법에 한계가 있기 때문이다.

"그러면 어쩌지? 그냥 가서 읍소해?"

"과연 방서윤이 읍소를 안 했을까?"

다른 사람도 아니고 자신의 제자가 읍소하는데도 매몰차게 버린 녀석이다. 그런 녀석이니 그냥은 절대 물러나지 않을 것이다.

"차라리 확 죽여 버리면 편한데."

손채림의 말에 노형진이 씁쓸하게 웃었다.

그러면 편하다.

하지만 아무리 노형진이라고 해도 그렇게 할 수는 없다.

죽여 버리면 모든 것은 사라진다. 그러나 죽음이라는 것은 더 큰 문제를 가지고 올 수밖에 없다.

"그건 무리지. 사회적으로 매장한다면 모를까."

"그럼 그러면 되잖아?"

"그게 문제야. 일반적으로, 사회적으로 매장하면 몰락하게 되어 있지만 이 경우는 저쪽이 강력한 증거를 가지고 있거든."

그렇게 된다면 그 녀석은 사회적으로 매장당한 손해를 보상받으려고 할 것이다.

"아마도 돈을 요구하겠지."

지금이야 육체적인 요구만 하지만 사회적으로 매장되어서 돈을 구할 수 없게 되면 돈을 달라고 할 게 당연하다.

"그때는 최악으로 치닫는 거지."

한번 편하게 돈을 구하게 되면 계속 그렇게 하는 게 인간이다. 절대로 상대방을 놔주지 않을 것이다.

"와, 인간 말종이네, 진짜."

"협박범들은 다 그래. 적당하게 뜯어먹고 도망가는 녀석들은 대부분 신고 안 해."

그럼에도 불구하고 매년 협박으로 신고하는 건수는 엄청나게 많다.

그것은 인간이 자신의 욕심을 이기지 못하고 상대방의 비밀보다 더 많은 대가를 요구하기 때문이다.

"그러면 어떻게 해결하지? 진짜 그 녀석을 협박할 수도 없고."

"응?"

노형진은 순간 정신이 번쩍 들었다.

"그 녀석을 협박하자고? 그거 좋은 생각인데?"

"야! 그러면 안 되지."

손채림은 질색팔색을 했다.

그럴 수밖에 없는 게, 노형진의 계획이 예상이 갔지만 그만큼 위험하기 때문이다.

"그랬다가 서윤이한테 피해가 가면 어쩌려고?"

확실히 방서윤은 미성년자이고 엄밀하게 말하면 강간 피해자다. 그러니 역으로 협박하지 말라는 법은 없다.

그러나 양측에서 협박하는 경우 피해를 더 크게 입는 것은 방서윤 측이다.

"그러니까 다른 이유를 만들어야지."

"다른 이유라니?"

"이런 협박법의 특징이 뭔지 알아?"

"뭔데?"

"기회가 오면 아귀처럼 달려든다는 거야."

"그게 무슨 소리야?"

"말 그대로야. 이 녀석이 처음부터 미성년자를 강간하는 녀석이었을까?"

아니다. 처음에는 성매매하러 갔다가 제자를 보고는 눈이 돌아가 버린 것이다.

"즉, 기회가 된다면 똑같은 짓을 한다는 거지."

이는 그걸 핑계로 협박할 수 있다는 뜻이기도 하다.

"하지만 그럴 기회가 없잖아?"

"우리가 제공하면 되지."

"우리가 제공한다고?"

"그래, 함정수사."

"함정수사는 불법 아냐?"

"반만 불법이야."

함정수사란 오래된 수사 기법이다. 그리고 그것도 어느 정도 기준이 있다.

기본적으로 함정수사는 불법이라고 사람들이 생각하는데, 그건 어디까지나 범죄를 저지를 의사가 없는 사람들을 속여서 범죄를 저지르게 만든다거나 하는 것에 대해서만이다.

"기회의 제공만 하는 것은 불법이 아니지."

실제로 어떤 사람이 음주운전을 할 생각이 없었는데 경찰이 실적을 노리고 차를 빼 달라고 전화해서 속인 적이 있었다.

당사자는 나와서 술을 먹어서 안 된다고 양해를 구하면서 차 키까지 맡겼지만 경찰은 신분을 속이고 남의 차라 안 움직인다고 해서 어쩔 수 없이 그 사람이 운전하게 만들었고, 그가 차를 움직이자 신분을 밝히고 그를 음주운전으로 체포한 것이다.

"그 사건에서 법원은 명백하게 함정수사라고 인정했지."

애초에 술을 먹고 집에서 쉬고 있는 사람을 불러낸 것도 경찰이고, 그가 운전을 거부하면서 차 키를 맡겼는데도 불구하고 그걸 거부한 것도 경찰이다.

피의자는 음주운전의 의사가 없었지만 어쩔 수 없이 할 수밖에 없었던 것이다.

더군다나 안쪽에 있어서 나가야 한다는 차량 역시 경찰의 차량도 아닌 전혀 다른 사람의 차량이었다.

"하지만 범죄 의사가 있는 사람들에게 함정을 파는 건 불법이 아니야."

가령 어떤 사람이 마약을 팔고자 하는데 거기에다 대고 마치 마약 구매자인 것처럼 접근해서 팔도록 하는 것은 합법이다.

마약을 그가 구해 오도록 한 것도, 만들도록 한 것도 아니다. 가지고 있는 걸 판매하려는 사람에게 그 기회를 제공했을 뿐이다.

"그리고 애초에 협박은 범죄야. 어차피 협박할 건데 그렇게 사소한 것에 신경이나 쓸 이유가 있을까?"

"그렇기는 한데……."

손채림은 고개를 끄덕거릴 수밖에 없었다.

노형진의 말이 맞다.

어차피 이건 범죄를 막기 위해 범죄를 저질러야 하는 상황이다. 그러니 사소한 것에 매달릴 수는 없다.

"하지만 무슨 수로? 그 녀석이 어떻게 우리 쪽에 약점을 잡히게 만들 건데?"

"말했잖아, 그 녀석은 기회가 된다면 절대로 그냥 넘어갈 녀석이 아니라고. 그러니까 우리가 떡밥을 던져야지, 후후후."

"하지만 무슨 수로? 그 녀석이 떡밥을 물 거라는 보장이 있어?"

함정을 판다는 것은 상당한 준비가 필요한 일이다. 하고 싶다고 해서 그냥 걸리는 것이 아니니까.

"확실하게 안 물 리 없어. 그러니까 걱정하지 마. 한 가지만 알아내면 말이지."

그렇다면야 확실하게 일을 하기 위해 알아내면 된다.

"그래서 알아내야 하는 게 뭔데?"

"뭐냐면, 그 녀석만 따라다니면 되는 거야."

"응? 고작 그 녀석을 따라다니면 된다고?"

"그래."

"헐."

"그러니까 네가 고생 좀 해야겠어."

"고생이라고 할 것까지는 없는 것 같은데?"

손채림은 그렇게 말하면서도 고개를 갸웃했다.

하지만 그 말을 한 것을 후회하게 되기까지는 얼마 걸리지 않았다.

난 미끼를 던졌고 넌 물었고

"으흐흐."

황규성은 퇴근하면서 미소를 지었다.

요즘은 학교에서 생활하는 것이 무척이나 좋았다. 멍청한
년 하나 건진 덕분에 매일매일이 행복하다고 할까?

"안 그래도 참는 게 곤욕이었는데 말이지."

10대의 싱싱한 육체를 두고 언제나 침만 꼴깍꼴깍 삼키면
서 참아야 하는 것이 그의 삶이었다.

까딱 잘못하면 인생이 통째로 날아갈 수 있기 때문에 그는
조심스러울 수밖에 없었다.

그날도 그래서 발정이 나서 찾아간 건데, 그곳에서 이렇게
기회를 잡을 줄이야.

"그나저나 이년이 안 나온단 말이지. 어쩐다, 보육원으로 쳐들어가서 뒤집어 버려?"

마음 같아서는 가고 싶지만 잘못하다가는 걸릴 수 있기 때문에 그냥 두기로 했다. 어차피 자신에게 증거가 있는 이상 그년은 도망갈 수도 없기 때문이다.

"루루루루."

하지만 그는 자신의 뒤를 따르는 한 대의 차량이 있다는 것을 모르고 있었다.

"이거 완전 개새끼네."

손채림의 입장에서는 즐거운 표정으로 퇴근하는 그의 모습이 좋아 보일 수가 없었다.

누군가를 지옥으로 밀어 넣고는 자기는 행복한 모습이라니.

"원래 저런 놈들은 다 개새끼입니다."

무태식은 그렇게 말하면서 이를 박박 갈았다.

"맘 같아서는 후려치고 싶은데 그럴 수가 없네요."

"무 변호사님은 변호사가 아니라 검사를 했어야 했나 봐요."

"하하하, 저도 그러고 싶었는데 성적이……."

손채림은 괜스레 미안한 듯 희미하게 미소 지었다.

"그나저나 저 인간이 이제 어쩌려고 할까요?"

"글쎄요……."

그가 무슨 짓을 하든 적당한 떡밥이 있어야 협박을 할 수 있다. 어쭙잖은 걸로 협박해 봐야 제대로 이빨이 들어가지도 않는다.

"노 변호사님이 준비한다고는 하셨는데."

무태식은 그렇게 말하면서도 고개를 갸웃했다.

그럴 수밖에 없는 것이, 죄를 뒤집어씌우기 위해서는 무척이나 치밀한 조작을 해야 한다. 그런데 노형진이 말한 것은 그냥 어디로 움직이는지 동선만 파악해 달라는 것뿐이었다.

"집으로 갈까요?"

"그러면 의미가 없는데."

직장과 집만 오가는 녀석이라면 약점 잡는 것이 여간 힘든 게 아니다. 집에서 무슨 약점을 잡으란 말인가?

그러나 다행히도 그는 집으로 바로 퇴근하는 그런 바른 사람은 아니었다.

아니, 애초에 바른 인간이었다면 이런 일을 저지르지도 않았을 것이다.

"일단은 어디로 가는지만 알면 작전을 짤 수도 있겠지요."

무태식은 그렇게 말하면서 천천히 그를 따라 움직였다.

그렇게 얼마나 갔을까? 그가 간 곳은 두 사람의 생각과 전혀 다른 곳이었다.

"헐?"

"뭐야?"

방서윤에게 접근하든가 아니면 나쁜 짓을 할 거라는 생각과 다르게 그냥 집으로 들어간 것이다.

"뭐야, 저 새끼는?"

"당장 뭐라도 할 것처럼 투덜거리더니?"

그냥 집으로 간다는 것은 전혀 예상하는 바가 아니었기 때문에 두 사람은 당황했다.

"어쩌지?"

"글쎄요."

남은 것은 두 가지다.

돌아가든가, 남아서 지켜보든가.

솔직히 이 추운 날씨에 바깥에서 떨면서 기다리는 것은 그다지 원하는 일이 아니다.

주변에 커피숍이 있는 것도 아니고 그냥 골목이니 차에서 기다려야 하는데, 시선이 있으니 엔진도 켜지 못하고 추위에 떨어야 하기 때문이다.

"일단은 물어보고……."

솔직히 노형진에게 말하고 나면 나중에 기회를 잡으라 할 거라 생각했다.

그러나 노형진의 말은 단호했다. 너무 단호해서, 손채림이 슬플 정도였다.

─지켜.

"뭐? 야! 오늘 영하야!"

─그래서 두둑하게 입고 가라고 했잖아.

"아무리 그래도 그렇지."

-정 추울 것 같으면 근처에서 핫 팩이라도 사 둬.

"헐."

-다른 날은 몰라도 오늘은 나오면 안 된다.

"왜?"

-금요일이잖아.

"뭐?"

-일단 내 말대로 해. 내가 나중에 갈게.

심지어 온다는 말에 손채림은 할 말이 없었다.

그렇게 끊어진 핸드폰을 바라보던 그녀는 결국 차에서 내리면서 말했다.

"핫 팩 몇 개라도 사 올까요?"

"웃차."

노형진이 뒷좌석에 올라타자 앞에서 벌벌 떨고 있던 손채림은 원망스러운 눈빛으로 그를 노려보았다.

"좋냐?"

"뭐가?"

"난 이렇게 떨고 있는데 혼자서 따뜻한 곳에 있다가 오니까 좋아?"

"어쩔 수 없잖아. 일이 많은데."

"하다못해 난방 장비라도 주든가."

"차에서 무슨 난방이야?"

"어차피 얼어 죽나 이산화탄소 질식으로 죽나 둘 중 하나 잖아?"

"아, 미안, 미안. 내가 파카 하나 사 줄게."

"솜은 안 입어."

"알았다니까."

한참 손채림의 투덜거림을 받아 준 후에야 제대로 일을 할 수가 있었지만 딱히 문제는 없었다. 이 늦은 시간에 나올 사람이 없기 때문이다.

"아니, 왜 이 시간까지 가지 못하게 한 거야?"

벌써 새벽 3시가 넘어가고 있는 시점이다.

다른 사람들은 다 자는 시간까지 왜 기다리라고 하는 건지 손채림은 이해할 수가 없었다.

"그놈, 불 끄고 자고 있습니다. 솔직히 저도 이해하지 못 하겠습니다."

"오늘은 금요일, 아니 12시가 넘었으니 토요일이지요. 언 제든 움직일 수 있으니까요."

"이 시간에 움직일 리 없어요. 어제는 잠도 일찍 들었는 데……."

"그거야……."

노형진이 설명하려는 찰나 손채림의 탄성이 모두의 시선

을 끌었다.

"어? 불이 켜졌다!"

황규성의 방에서 불이 켜지자 손채림이 당황해서 외친 것
이다.

"슬슬 움직이려고 하나 보군요."

"움직이다니요?"

"그 녀석의 카드 기록을 좀 확인해 봤습니다. 금요일 새벽
에는 꼭 나이트에 가더군요."

"뭐라고? 그걸 알고 있었단 말이야? 그런데 왜 말 안 해
준 거야?"

"가는 건 확실하지만 시간은 부정확했거든."

어떤 경우는 새벽 1시에, 어떤 경우는 새벽 3시에 나가기도
했다. 그러니 대충 시간을 맞춰서 일을 처리할 수가 없었다.

결국 확실하게 하는 것은 그 앞에서 기다리는 것.

"헐…… 그런데 말도 안 해 줘? 와, 진짜 너무하다, 너."

"쏘리."

노형진은 그렇게 말하면서도 시선은 황규성에게서 떼지
않았다.

"그런데 왜 이 시간에 가는 거야?"

천천히 움직이는 차량.

그 뒤를 따라가면서 손채림은 고개를 갸웃했다.

나이트클럽은 보통 10시가 넘어가면 오픈한다. 지금쯤이

면 피곤해서 집에 슬슬 가는 시간이기 때문에 재미있게 놀기에는 한계가 있다.

"술에 취한 사람들이 많으니까."

"응? 그게 무슨 소리야?"

"일찍 가는 사람들에게는 손을 못 대잖아?"

처음에는 그게 무슨 소리인지 이해하지 못한 손채림이었지만 곧 알아들을 수 있었다.

그러니까 술에 취해서 제대로 거동을 하지 못하는 여자들을 노리고 이 시간에 간다는 뜻이다.

"미친……."

"미친 게 아니라 그런 놈이야."

대부분의 사람들은 그저 스트레스를 풀기 위해 그곳에 간다. 하지만 그의 목적은 달랐다.

"그래서 시간이 제각각인 거야."

금요일은 다음 날 쉬니까 늦게 가도 된다.

하지만 일요일 저녁은 대부분 다음 날을 준비하기 위해 일찍 끝내고 돌아가기 마련이다.

"아니, 그 짓거리를 하면서도 또?"

"사랑을 갈구하는 게 아니니까."

저런 녀석들에게 여자란 그저 타이틀일 뿐이다. 그러니 안착해서 뭔가를 하고자 할 수가 없다.

"그에게 중요한 건 한 명이라도 더 건드리는 거야. 일종의 타이틀 매치인 셈이지."

"미친놈."

"세상에는 미친놈이 많아."

아니나 다를까, 나이트클럽 안으로 들어가는 그를 보면서 노형진은 씁쓸하게 웃었다.

"그것까지는 알겠어. 그런데 함정을 어떻게 파겠다는 거야?"

"이미 함정은 준비되어 있어. 내가 노느라고 거기 못 간 거 아니라니까."

"뭐?"

벌써 준비되었다는 말에 두 사람은 기가 막히다는 표정으로 노형진을 바라볼 수밖에 없었다.

"잘 부탁드립니다."

노형진은 두둑한 봉투를 웨이터에게 건넸다.

웨이터는 빙긋 웃으면서 그걸 챙겼다.

"아이고, 잘해 드려야지요. 안 그래도 그 진상 새끼 때문에 우리도 죽을 맛입니다."

웨이터는 입이 헤벌쭉 벌어졌다. 봉투 안에 있는 5만 원짜리가, 대충 봐도 100만 원은 되어 보였기 때문이다.

"그래요?"

"그럼요."

노형진의 예상대로 그 녀석은 술 취한 여자를 데리고 가려고 새벽에 온다고 했다.

문제는 목적이 목적인 만큼 많이 팔아 주는 것도 아니라는 것.

그래 놓고 여자 부킹 안 해 준다고 웨이터들에게 온갖 패악질을 한다는 것이다.

"거기에다 그런 놈이라면 당연히 벌을 받아야지요."

"하하하, 그러면 좋지요."

노형진은 웨이터와 이야기를 끝내고 유소미에게 다가갔다.

유소미는 평소와 다르게 화려한 옷에 화려한 화장을 하고 있었다.

"그 녀석이 이상한 짓을 하려고 하면 거시기를 차 버려요."

"걱정 마세요. 남자의 거시기의 위치는 정확하게 알고 있으니까."

유소미는 연기자를 지망하던 연습생 출신의 정보 팀 요원이다.

그녀는 주로 연극이 필요한 업무에 많이 투입되었는데, 오늘도 그런 일 중 하나였다.

"아, 그냥은 안 될 것 같고, 혹시 남는 술 있습니까?"

"당연히 있지요."

웨이터는 안으로 들어가더니 남아 있는 맥주와 양주를 들고 나왔다.

"손님들이 남긴 겁니다. 어차피 버릴 거예요."

"그래요? 다행이군요."

노형진은 그 술을 옷에 뿌리기 시작했다.

유소미는 약간 불만스러운 얼굴이 되었지만 어쩔 수 없다는 듯 어깨를 으쓱했다.

"이제 된 것 같군요."

"네."

유소미가 웨이터를 따라 아래로 내려가자 노형진은 재빨리 바깥으로 나왔다.

"잘될까?"

"말했잖아, 그 녀석은 기회가 오면 무조건 달려든다고. 거기에다 유소미 양이 좀 예뻐? 그 녀석이 안 넘어올 리 없지."

"하긴."

손채림은 그렇게 말하면서 입구를 바라보았다.

그리고 얼마나 지났을까?

노형진의 말대로 유소미와 황규성이 안에서 나오는 것이 보였다.

다만 아까와 다르게 유소미는 휘청거리면서 인사불성이 되어 있었다.

"진짜로 속네?"

"저라도 속을 것 같은데요? 흐흐흐."

무태식은 인사불성이 되어 있는 유소미를 보면서 실실 웃었다.

아니나 다를까, 그런 그녀를 보는 황규성의 얼굴에는 기대감이 잔뜩 서려 있었다.

"역시나 제대로 무는군."

노형진의 계획은 간단했다.

저쪽이 협박으로 나온다면 이쪽도 협박으로 나가면 된다.

물론 함정이다.

하지만 적당한 함정은 황규성이 벗어날 수 없는 수렁이 될 것이다.

"아마도 근처로 가겠지."

다급하게 주변을 둘러보던 황규성은 근처에 있는 모텔로 유소미를 데리고 가고 있었다.

"전에 배운 거 잘 써먹네."

"그래야지."

사실 지금 쓰는 방법은 전에 꽃뱀 사건을 해결하면서 그들이 쓰던 방식을 살짝 바꾼 것이다.

그러니 엄밀하게 말하면 불법이기는 하다.

'뭐, 안 걸리면 그만이지.'

사람들은 정의를 말하지만 사실 정의라는 것은 안 걸리는 게 중요하다.

오직 법만으로 제대로 된 정의를 구현한다는 것은 실제로 거의 불가능하기 때문이다.

–위로 올라갔습니다.

무전기에서 들리는 목소리.

유소미를 바라보고 있는 다른 팀의 목소리다.

"10분 후 돌입합니다."

노형진은 그렇게 말하고는 옷을 정장으로 갈아입었다.

"와, 완전 조폭 같아."

"그거 칭찬이야?"

"아마도?"

"도대체 어떤 부분에서 아마도인데?"

손채림이 히죽거리자 살짝 눈을 찡그린 노형진은 문 바깥으로 나왔다. 차가운 공기가 그의 가슴으로 파고들었다.

그때 모텔 입구로 다가오는 한 대의 차량.

"준비되었나요?"

"네, 변호사님."

거기서 내린 것은 정우찬을 비롯한 경호 팀이었다.

하지만 그들은 평소와 다른 복장을 하고 있었다. 온통 시커먼 옷에, 손에는 흉흉한 무기를 하나씩 들고 있었던 것이다.

"자, 그러면 올라가 볼까요?"

노형진은 천천히 모텔 입구로 갔다.

모텔의 주인은 시커먼 남자들이 무장을 하고 들어오자 잔뜩 긴장했다.

"어이, 주인장. 방금 술 취한 여자 데리고 간 남자 있지?"

"네?"

"방금 술 취한 여자 데리고 간 사람 있잖아."

"어…… 없는데요?"

노형진이 피식 웃었다.

"죽을래? 지금 웨이터한테 묻고 왔거든! 지금 장사하기 싫지? 말할래, 아니면 하나씩 문 부수고 들어가서 확인할까? 응?"

마치 조폭처럼 건들거리면서 말하는 노형진의 모습에 잔뜩 주눅이 든 주인은 기어가는 목소리로 어디선가 예비 키를 꺼내어 노형진에게 내밀었다.

"305호요."

"그렇게 나와야지. 너희 둘, 입구 지켜."

"네, 형님!"

두 사람을 남겨 두고 노형진은 위로 올라갔다. 그리고 문을 박차 열고는 안으로 들어갔다.

"뭐…… 뭐야!"

막 기대에 찬 얼굴로 샤워하고 나오던 황규성은 들이닥치는 남자들을 보고 기겁했다.

"허?"

노형진은 안으로 들어가서 인사불성이 되어서 쓰러져 있는 유소미와 샤워하고 나오다가 걸린 황규성을 보다가 인상을 팍 썼다.

"이 새끼가 미쳤나? 야, 잡아!"

"네! 형님!"

경호 팀은 대번에 그에게 다가가 양팔을 잡고 찍어 눌렀다.

"뭐야? 당신들 뭐야! 경찰 부를 거야!"

당황해서 외치는 황규성.

노형진은 그런 그를 보며 고개를 까딱했고, 한 명이 기절한 듯 누워 있는 유소미에게 다가가서는 그녀의 상태를 살폈다.

"완전 기절했는데요?"

"기절?"

"네, 형님. 이거 술이 아니라 약을 탄 것 같은데요?"

"약이라니! 무슨 소리야?"

일이 틀어지고 있다는 생각에 황규성은 다급하게 물었다.

그러나 양쪽에서 찍어 누르는 힘 때문에 꿈쩍도 할 수가 없었다.

"미쳤네, 미쳤어."

노형진은 혀를 끌끌 차면서 황규성을 바라보았다.

"다른 사람도 아니고 아가씨한테 약을 타? 간땡이가 부어서 아주 배 바깥으로 나왔구나."

"아…… 아가씨?"

"그래, 우리 큰형님의 금지옥엽 말이다."

"헉! 큰형님 딸……!"

황규성은 상황이 한 번에 이해되었다. 그리고 와들와들 떨기 시작했다.

'이런 씨발⋯⋯. 어쩐지 그런 곳에 오기에는 더럽게 예쁘
더라니.'

이런 외모라면 서울에 있는 최고급 클럽에 가도 먹힐 정도
다. 그런데 이런 나이트에 오다니.

"간땡이가 배 바깥으로 나가면 죽을 때가 된 법이지. 야,
데리고 가."

"헉! 자⋯⋯ 잠깐만요! 형님! 아닙니다. 전 아니에요!"

"너 같은 동생 둔 적 없다."

유소미에게 다가가서 살피던 노형진은 뭔가 생각난 듯 몸
을 돌렸다. 그리고 바닥에 떨어진 팬티를 황규성의 얼굴에
던졌다.

"저 덜렁거리는 거 가려라."

"제발요! 아닙니다. 이건 오해예요!"

"거참, 아가리 존나 터네. 막아!"

"네!"

다른 사람들이 나서서 그에게 강제로 팬티를 입히더니 그
의 입에 청 테이프를 꺼내서 붙여 버렸다. 그리고 그의 얼굴
에 검은색 봉투를 뒤집어씌우고 그를 끌고 바깥으로 나갔다.

그가 그렇게 나가자 유소미는 벌떡 일어나서 얼굴을 와락
찡그렸다.

"개새끼."

"고생했습니다."

"와, 진짜 마구 건드리는데 거시기 차 버릴 뻔했어요."

"잘 참았어요."

"그나저나 이번 달 보너스는 확실한 거죠?"

"네, 하하하."

"좋았어! 호호호."

보너스라는 말에 얼굴에 화색이 도는 그녀를 두고 노형진은 자리에서 일어났다.

"일단은 여기서 일이 끝났으니 다음 일을 해야지요."

"이게 끝이 아니에요?"

"유소미 씨는 끝이지만요, 협박이라는 것은 원래 확실하게 못을 박아 놔야 하는 겁니다. 어쭙잖게 건드리면 도리어 나중에 화가 되는 법이거든요."

노형진은 싱긋 웃으면서 몸을 돌려서 계단으로 내려갔다. 그리고 카운터 문 앞에 서서 그곳을 두들겼다.

"야! 문 열어!"

"······."

"부술까?"

동시에 끼익 열리는 문.

노형진은 그곳으로 가서 카운터 뒤로 갔다. 그리고 그곳에 있던 하드를 통째로 뜯어냈다.

와지직.

선도 끊지 않고 당겼으니 부서지는 소리가 났지만 그다지 신경 쓰지 않는 모습이었다.

"이거 가지고 간다."

"네?"

"이걸로 새 거나 사."

돈뭉치 하나를 던져 주자 침을 꿀꺽 삼키는 주인.

"아가리 잘못 털면 어떻게 되는지 알지?"

그러고는 유유히 나오던 노형진은 몸을 돌려서 그를 바라보았다.

"아, 그리고 술 취한 남녀는 받는 거 아니야. 그거 강간 방조야, 이 새끼야."

그렇게 한마디 한 노형진은 바깥으로 와서 기다리고 있던 봉고에 몸을 올렸다.

"자, 그러면 가 보자고."

바들바들 떨고 있는 황규성을 보면서 노형진은 씩 웃었다.

⚖️

"빨리 좀 파라. 추워, 이 씨발 새끼야."

"흑흑흑."

황규성은 눈물을 흘리고 있었다.

자신에게 주어진 삽 한 자루, 그거 하나로 한겨울에 얼어붙은 산을 바닥을 깨 가면서 파게 될 거라고 누가 예상이나

했겠는가?

거기에다 그게 자신의 무덤이 될 자리라니.

"잘못했습니다. 다시는 안 그러겠습니다."

"그럴 거야. 죽은 놈은 못하거든."

"제발…… 흑흑."

"그만 질질 짜, 이 새끼야."

보다 못한 노형진이 그의 뒤통수를 후려쳤다.

"아니면 우리가 팔까? 그러면 곱게는 못 간다. 알지?"

"아…… 아닙니다……. 아니에요."

그는 제발 여관 주인이 신고해서 경찰이 오기를 원했지만 애석하게도 그런 일은 벌어지지 않았다.

그렇게 얼마나 팠을까?

퍽!

뭔가 부딪치는 소리에 황규성은 멈출 수밖에 없었다. 그리고 그걸 삽으로 들어내는 순간.

"으아아아!"

그는 주저앉아서 비명을 질렀다. 삽에 하얀 백골이 딸려 나왔던 것이다.

그의 팬티는 금방 축축해지고 추운 날씨에 하얀색으로 얼어 갔지만, 거기에 신경 쓸 상황이 아니었다.

"이런, 전에 썼던 곳이잖아? 야, 자리 지정 제대로 못 해?"

"죄송합니다, 형님. 산이다 보니 그곳이 그곳 같아서요."

"뭐, 이거 묘비도 없으니 뭐라고 할 수도 없고. 야, 그 옆에 새로 파라. 아, 그거 다시 묻어 두고."

백골을 본 황규성은 제정신이 아니었다.

"제발요……. 다시는 안 그러겠습니다. 시키는 대로 할 테니 제발 한 번만 살려 주세요, 엉엉."

"아오, 더러워. 야, 이 새끼 좀 끌어내."

강제로 끌어내어지는 황규성.

황규성은 살기 위해 발악을 했다.

"제발 살려 주세요. 뭐든 다 하겠습니다. 전 재산을 드릴 테니 제발……."

"뭔 개소리야?"

피식 웃는 노형진.

"누구를 비렁뱅이인 줄 아나?"

"아닙니다. 저 부자입니다. 1억 정도는 드릴 수 있습니다."

"1억?"

"네, 그 정도는 충분히 드릴 수 있습니다. 그러니 제발 목숨만 살려 주십시오."

잠깐 고민하는 노형진.

아니, 그렇게 보이기를 원했다.

그리고 그걸 신호로 정우찬이 다가왔다.

"형님, 그냥 받고 통 치는 게 어떨까요?"

"뭐?"

"큰형님은 아가씨를 모시고 오라고 했지, 일 치르라고는 안 했잖습니까?"

"얀마, 우리 규칙 알잖아? 아가씨를 건드리는 새끼들이 한둘이냐?"

"그 새끼들은 돈 없는 거지새끼들이었고요."

그러면서 딸려 나온 뼈를 바라보는 사람들.

그 뼈가 누구의 것이었을지를 알아차린 황규성은 바들바들 떨었다.

"어차피 큰일은 없었고 그냥 술 취한 아가씨를 찾아서 데리고 왔다고 하면 될 것 같은데요? 보아하니 아가씨도 하나도 기억 못 하시는 것 같은데 우리 용돈이나 좀 챙기죠."

"돈은?"

"나누시죠."

"흠……."

노형진은 탐이 나는 표정을 지었다.

그러자 기회라고 생각한 건지, 황규성은 더욱 매달렸다.

"더 드리겠습니다. 드릴 테니, 한 번만 살려 주십시오."

"그렇단 말이지?"

"네, 목숨만 살려 주시면……."

노형진은 고개를 끄덕거렸다.

"야, 저 새끼 신분증 털어. 그리고 집까지 따라가서 가족들이랑 직장까지 다 털어 와."

"네, 형님."

황규성은 고개를 굽실거리면서 자신이 파던 그 땅에서 벗어나려고 했다.

"감사합니다, 감사합니다."

"감사는 돈으로 하는 거다. 그런데 말이야, 너 왜 기어 나와?"

"네? 그게…….."

"이 새끼 진짜 눈치 없네. 네가 판 거니까 네가 다시 묻어야 할 거 아냐."

황규성은 추위에 벌벌 떨면서 다시 그걸 묻는 수밖에 없었다.

"왜 그냥 증거를 내놓으라고 하지 않은 거야?"

손채림은 집으로 끌려가는 황규성을 보면서 고개를 갸웃했다.

"혹시 모르니까."

"응?"

"만일 우리가 그 증거를 내놓으라고 한다면 저 녀석이 서윤이와 우리의 관계에 대해 눈치챌 수도 있어. 그러면 보복하려고 뿌릴 수도 있지. 그래서 안당 마님이 사람을 못 보낸 거야."

"하긴, 그렇지."

안당 아래에 어깨들이 없을 리 없다. 하지만 다음 문제를 해결할 능력이 안 되기 때문에 쓰지 못하는 것이다.

"그러니 어떻게 해서든 자발적으로 증거를 내놓게 만들어야 해."

"자발적으로 내놓을까?"

"그렇게 만들어야지."

그리고 그렇게 만들 자신이 노형진에게는 있었다.

⚖️

"이런 씨발……."

황규성은 머리를 부여잡았다.

"젠장…… 돈이 안 돼……."

1억을 해 주기로 했지만 아무리 잔고를 털어도 나오는 돈이 없었다. 잔고와 대출을 끼고 심지어 보증금까지 털었는데도 여전히 1천이 비었다.

"도망갈 수도 없고……."

자신을 따라다니는 조직원. 그 때문에 도망가는 것도 불가능하다.

더군다나 자신의 가족의 연락처와 학교까지 아는데 어디로 도망간단 말인가.

"씨발…… 씨발……."

황규성은 머리를 부여잡았다.

어떻게 해서든 1억을 채워야 한다. 남은 1천만 원만 어디서 구할 수 있다면…….

"돈이 하늘에서 떨어지는 것도 아니고……. 가만, 돈이 하늘에서 떨어져?"

그 순간 그의 머릿속에 한 가지 생각이 들었다.

자신에게 약점이 잡혀 있는 방서윤.

"그래, 그년이 있었지."

그년이라면 돈을 줄 수 있을 것이라는 생각이 들었다.

물론 화류계에 뛰어든 지 얼마 되지 않았으니 그 돈이 있을 리 없다.

"하지만 선금이라는 게 있지."

일하는 조건으로 돈을 먼저 받아 가는 것. 화류계에는 그런 게 있다.

그러니 그년에게서 충분히 뜯어낼 수 있으리라.

"그래, 한 번만……."

물론 그건 위험한 행동이다. 만일 학교고 뭐고 포기하고 신고하면 자신은 큰일 난다.

하지만 그녀가 그렇게 쉽게 포기하지는 않을 거라는 생각에 그는 마음이 다급해졌다.

"그년이라면…… 가능해."

"돈을 요구했다고요?"

"네."

방서윤은 황규성이 한 말을 노형진에게 이야기했다.

"흠……."

노형진은 방서윤에게 협박 작전에 대해서는 이야기하지 않았다. 부담을 느낄까 걱정돼서였다.

'역시 예상대로군.'

황규성의 재산에 대해서는 잘 안다. 1억을 구하지 못한다는 것도.

그럼에도 불구하고 그가 그걸 받아들인 것은, 자폭하게 하기 위해서였다.

"그러면 일단 제가 내드리죠."

"네?"

"제가 내드릴 테니 가져다주세요."

"하, 하지만……."

"걱정 마세요. 금방 돌려주실 수 있을 겁니다."

"네?"

"아, 그건 아직은 비밀입니다. 일단은 가져다주세요. 그 녀석한테는 선금 받은 거라고 하시고요."

"변호사님."

눈물로 가득한 눈으로 바라보는 방서윤.

"미안하면 다시는 이런 실수 안 하시면 됩니다. 솔직히 화류계에 들어가서 버틸 수 있는 성격도 아니잖아요?"

"네, 흑흑흑."

방서윤을 다독거리면서도 노형진은 속으로 미소를 지었다.

드디어 황규성이 자신의 함정에 빠져든 것이다.

'처음이 힘든 법이지.'

그리고 그 처음이라는 것이 무너지면 인간은 너무도 쉽게 타락한다.

⚖

"씨발, 씨발……."

황규성은 자신의 처지를 절망했다.

집도 보증금을 빼느라고 빼야 했고, 잔고도 없어서 남은 것은 대출금뿐이었기 때문이다.

"젠장, 어쩌다가……."

그로서는 인생이 왜 이렇게 망가진 것인지 이해가 되지 않았다.

단 한 번의 실수로 인해 이렇게까지 망가질 줄이야.

"하아, 씨발."

이제는 나이트도 못 가고 먹는 것도 아껴야 하는 상황이

된 것이다.

"이 망할 년은 학교에도 안 오고."

남은 것은 방서윤 하나뿐이다.

발정 나서 여자를 품고 싶은데 전처럼 나이트를 갈 수도 매춘부를 만날 수도 없으니 말이다.

사실 노형진은 이쯤에서 그가 물러나고 돈을 받아 가는 조건으로 증거를 줬으면 그만하려고 했다.

하지만 황규성은 도리어 더욱더 방서윤에게 추근거렸다.

그리고 그건 그에게 독이 되어 돌아왔다.

"돈이 좀 더 필요한데?"

"네?"

황규성은 얼굴이 사색이 되었다.

"제가 1억이나 드렸잖습니까?"

"그렇지, 1억 줬지. 그런데 그건 우리가 나눴잖아. 숫자가 다섯 명인데 그걸 가지고 누구 코에 붙여? 꼴랑 2천이잖아. 아니야?"

그 말에 절망감에 물든 황규성은 축 늘어지며 대답했다.

"네."

"그런데 아가씨가 말이야, 약 탄 걸 기억하더라고."

"네?"

황규성은 기가 막혀서 말이 안 나왔다.

처음에 그 아가씨라는 여자를 만날 때부터 그녀는 술에 떡이 되어서 몸도 가누지 못하는 상황이었다. 그런데 자신이 약 탄 걸 기억한다니?

"그래서 아버지한테 말한다는 걸 우리의 입장도 있어서 좀 말렸거든. 그랬더니 그러면 자기 몫을 달라고 하시잖아."

"하지만 전 약 같은 건 안 탔다고요!"

"지랄. 아가씨가 얼마나 말술인데 술에 취해서 쓰러졌다고? 설사 그렇다고 해도, 아가씨를 끌고 모텔로 간 건 너 아냐?"

"……."

황규성은 아무런 말도 할 수가 없었다. 그건 부정할 수 없는 사실이기 때문이다.

"그러니까 그냥 아가씨한테 돈 좀 드리고 무마하자고. 너도 그게 좋을걸. 큰형님한테 걸리면 뼈도 못 추려. 나야 뭐, 받은 거 헌납하고 한 소리 들으면 그만이지만."

"……."

"많이 바라는 건 아니야. 딱 3천만 해 줘 봐."

"네?"

"3천도 못 해? 그럼 네놈 장기로 갚든가. 장기만 팔아도 그것보다는 더 나와."

황규성의 얼굴은 사색이 되었다.

얼마 전 대단위 장기 매매 조직이 발각되었다는 뉴스를 봤던 것이 기억난 것이다.

실종된 사람들을 공해상에 있는 배에서 해체하여 장기를 팔아먹었다는 뉴스가 대한민국을 공포에 떨게 만들었다.

"설마 그게 끝이라고 생각한 거야?"

"흑흑흑."

그제야 자신의 처지를 알아챈 황규성은 눈물을 흘렸지만 노형진은 그게 악어의 눈물이라는 것을 알고 있었다.

'반성 같은 소리 하고 자빠졌네.'

만일 그가 방서윤을 괴롭히는 것을 그만뒀다면 자신은 추가 작전을 실행하지 않았을 것이다.

그러나 그는 그걸 멈추지 않았다. 반성하지 않았다는 소리다.

"빨리하는 게 좋을 거야."

"하…… 하지만 형님……."

"너 같은 동생은 없다니까, 이 새끼야. 아, 몰라. 그러면 신장이랑 안구 하나씩 빼든가. 그러면 3천은 나오는데."

"아…… 아닙니다."

"빨리 준비해라."

노형진은 히죽 웃으면서 그곳을 벗어났다.

홀로 남은 황규성은 눈물을 흘리면서 자신의 처지를 저주할 수밖에 없었다.

⚖

"또 달라고 했다고요?"

"네."

방서윤은 이제는 절망적인 모습이 되어 있었다.

이번에는 적은 것도 아니고 무려 3천만 원이다. 그 돈이 있을 리 없다.

"역시나 그렇군요."

"역시나?"

"네."

노형진은 사실을 말해 줘야 할 때가 되었다는 것을 알았다. 그래야 다음번 작전을 실행하기 때문이다.

"사실은 말입니다, 우리가 그 녀석을 좀 속이고 있습니다."

"속이고 있다고요?"

"네."

"그게 무슨 말이지요?"

"그 녀석에게 똑같이 해 주고 있다는 소리지요."

"똑같이 해 준다?"

"네."

노형진은 자신들이 했던 작전을 설명해 줬다. 그러면서 현금으로 가득 찬 가방을 그녀에게 건넸다.

"그 녀석에게서 받은 돈입니다. 제가 드렸던 1천만 원을 뺀 9천만 원입니다."

"헉!"

놀라서 부들부들 떠는 방서윤.

"일단은 이 중에서 3천을 빼서 가져다주세요."

이것이 법이다

"네?"

"어차피 이 돈, 방서윤 씨 돈입니다."

"제…… 제 돈이라고요?"

"네, 이 돈은 엄밀하게 말하면 손해배상 같은 거니까요."

손이 부들부들 떨리는 방서윤.

자신은 돈이 없어서 명문대에 들어가고도 매춘으로 몰려야 했다. 그런데 이 돈이면 졸업 때까지 버틸 수 있다. 그것도 공부만 하면서.

"지…… 진짜로 받아도 되는 거예요?"

"그럼요. 다만 정리를 하기 위해서는 도움이 좀 필요합니다."

"네?"

"그래야 저 녀석이 더 이상 문제를 안 일으키죠."

방서윤은 마치 홀린 듯 그걸 받으면서 고개를 끄덕거렸다.

⚖

방서윤이 준 돈도 조폭에게 빼앗긴 황규성.

그는 그 후부터 아주 노골적으로 방서윤을 괴롭히기 시작했다.

"와, 완전 개자식이네."

손채림은 기가 막히다는 듯 혀를 내둘렀다.

처음에는 협박했던 돈만 주면 끝내려고 했다. 그런데 이제는 아주 대놓고 몸과 돈을 요구하고 있었다.

심지어 자신이 무슨 포주나 기둥서방이라도 되는 줄 아는지, 버는 돈을 가지고 오라고 겁을 주기까지 했다.

"사람은 처음이 어렵다니까."

돈이 나온다는 사실을 알았으니 그 돈을 노리기 시작하는 것이다.

돈을 다 뜯겨서 돈이 없으니 생활비를 방서윤에게서 받아내려고 하는 것이다.

"또 돈을 달라고 할 거라고? 그러면 악순환 아니야?"

돈을 달라고 하면 방서윤은 그에게서 받은 돈을 줄 것이다.

물론 그래도 된다. 열 번이고 백 번이고 그럴 수 있다.

하지만 그 와중에 황규성은 돈뿐만 아니라 몸도 요구할 테고, 나중에는 더 무리한 요구를 할 수도 있다.

"이쯤에서 끊어야지."

"어떻게?"

"우리에게는 큰형님이 있잖아."

"엥?"

손채림은 어리둥절할 수밖에 없었다.

"이놈인가?"

"네, 형님."

컴컴한 창고 안. 고문학은 눈앞에서 벌벌 떨고 있는 황규성을 보고 웃었다.

"왜 살아 있지?"

단순한 질문이지만 그것만으로 황규성은 공포에 오줌을 지렸다.

"돈이 되는 놈이라서요."

"그래, 소식은 들었다. 그런데 이제는 더 털어먹을 것도 없잖아? 내 딸을 건드린 놈들은 어떻게 하라고 했지?"

"저…… 저는 안 건드렸습니다. 진짜예요! 그건 오해…… 읍읍!"

하지만 그는 말을 마치지 못했다. 고문학이 손가락을 까딱하자 다른 사람이 그의 입에 청 테이프를 붙여 버린 것이다.

"어디로 갈지는 알지? 쓸모가 있다면 모를까, 쓸모가 없다면 처분해야지."

"읍읍!"

살려 달라고 발악하는 황규성.

노형진은 그런 그를 바라보다가 슬쩍 고문학에게 다가갔다.

"형님, 아직 쓸 만한 부분이 있습니다."

"장기 말인가? 당분간은 조심해야지. 정부에서 불을 켜고 찾는 거 몰라?"

"아니요. 이 새끼가 데리고 있는 여자가 있습니다."

"여자?"

"네, 미성년자인데 쓸 만한 년입니다. 학벌도 한국대학교로 괜찮고, 얼굴도 반반합니다. 돈도 그년한테서 나오는 겁니다."

"호오."

고문학은 다시 몸을 돌려서 의자에 앉았다.

"그래서?"

"충분히 벌어 줄 것 같은데요? 뭐, 큰일 나기 전에 해결했으니 그쯤으로 마무리하시죠."

"그런 년이 왜 이런 녀석을 따르지?"

"글쎄요? 그건 잘……."

고문학이 다시 손가락을 까딱했다. 그러자 다른 사람이 청테이프를 강하게 당겨서 떼었다.

아플 만도 하건만, 황규성은 고문학의 발아래로 몸을 날려 매달렸다.

"그년을 드리겠습니다! 살려 주세요! 살려 주세요!"

"그래서 쓸 만하다고?"

"네, 네……. 여기 사진 있습니다."

사진을 받아 든 고문학은 눈을 찌푸렸다.

거기에는 완전 나체의 방서윤이 찍혀 있었던 것이다.

'미친놈.'

당장 두들겨 패고 싶지만 꾹 참으면서 황규성을 바라보는 고문학.

"쓸 만하네. 그런데 이년이 왜 네놈을 따르는 거지?"

"제가 그년한테 약점을 잡고 있습니다. 제 학생인데 몸 팔러 다니다가 딱 걸렸습니다."

주절주절 이야기하는 황규성. 그는 살 수 있는 방법이 그것뿐이라는 것을 느끼고 있었던 것이다.

"그래서?"

"다 드리겠습니다. 모조리 넘길 테니…… 제발……."

"그렇단 말이지."

고문학은 히죽 웃으면서 뒤에 서 있던 경호 팀을 불렀다.

"가서 계집을 끌고 와. 그리고 이 새끼랑 같이 가서 증거라는 것도 가지고 오고."

"네, 형님."

황규성은 다른 사람에게 끌려가 집에서 증거를 찾아와야만 했다. 그리고 그가 도착했을 때 거기에는 이미 방서윤이 잡혀 있었다.

"서, 선생님……. 선생님이 어떻게……?"

지금 상황이 이해가 가지 않는다는 얼굴로 바라보는 방서윤.

그러나 황규성은 미안하다는 말도 없이 고개를 돌려 버릴 뿐이었다.

"쓸 만한 계집이군. 안 그래도 좀 괜찮은 애를 구해 달라고 일본에서 그러던데 말이야."

"선생님! 제발 살려 주세요! 선생님!"

방서윤의 목소리에도 그는 여전히 모른 척하면서 외면했다.

그러자 방서윤은 절망적인 얼굴이 되었다.

"끌고 가."

"선생님! 선생님!"

끌려가는 방서윤을 보고도 황규성은 아무 말 하지 않았다.

그에게 중요한 것은 방서윤이 아니라 자신이었다.

"저는 살려 주시는 건가요?"

"뭐, 쓸 만한 년을 줬으니 살려는 주지."

"감사합니다! 감사합니다!"

"아직 감사하면 안 될 텐데?"

"네?"

"포기 각서 써야지."

"그, 그게…….."

"싫어? 싫으면 강제로 포기하는 방법도 있고."

"아니요. 하겠습니다. 당장 쓰겠습니다."

"좋아."

고문학은 히죽 웃으면서 종이와 펜을 내밀었고, 황규성은 주저하지 않고 포기 각서를 썼다.

"좋아, 이제 목숨은 살려 주지."

"감사합니다, 감사합니다."

"아까부터 내 말을 끊는데, 너 말이야, 목숨만 살려 준다고 했다. 만일 우리 구역에서 보이면 넌 매장이야. 알아?"

"네?"

황규성은 얼굴이 사색이 되었다.

이들이 말하는 구역에는 자신의 집과 학교도 포함되어 있기 때문이다.

"하, 하지만……."

"하지만 뭐? 버티려고? 우리 받을 거 다 받았거든? 이제너 필요 없어."

황규성은 얼굴이 사색이 되었다.

맞는 말이다. 증거고 뭐고 다 줬으니 자신에게 남은 건 없다. 진짜로 죽이려고 한다고 하면 자신은 막을 수가 없게 되는 것이다.

"딱 한 달 준다. 그 안에 꺼져."

"네……."

한 달 안에 다른 곳에 발령이 날 리 없으니 결국은 사직서를 내야 한다는 소리다.

하지만 죽는 것보다는 나을 테니 그에게는 방법이 없었다.

"이 새끼 갖다 버려."

"네, 형님!"

다른 경호 팀이 황규성을 끌고 나가자 잠시 후 방서윤이 안으로 들어왔다.

"고생했습니다."

애초에 방서윤은 와서 기다리고 있었다. 그녀가 한 것은 그저 당황한 척한 것뿐이다.

"이게⋯⋯."

그녀는 핸드폰과 녹음기 그리고 사진들을 보면서 부르르 떨었다.

자신을 괴롭히던 증거들. 이것 때문에 자신의 인생은 시궁창으로 처박힐 뻔했다.

"이제는 없는 물건이지요."

노형진은 그 물건들을 바닥에 던지고는 기름을 쭈욱 뿌렸다. 그리고 성냥에 불을 붙여서 던져 넣었다.

푸확.

기름에 불이 붙자 무서운 속도로 모든 것이 타들어 가기 시작했다.

"이제 모든 것은 끝입니다."

"흑흑⋯⋯."

방서윤은 그걸 보고 뭔가 북받친 것인지 눈물을 흘렸다.

⚖

"나중에 문제가 생기지 않을까?"

"아닐걸. 서윤 양의 권한은 조폭에게 넘어간 것으로 알고 있으니까."

결국 황규성은 사표를 내고 지방으로 내려갔다.

전 재산을 털리고 대출까지 끼고 나니 남은 돈이 없어서 싼 곳으로 가다 보니 결국 지방밖에 없었던 것이다.

"더군다나 증거는 없고, 그 녀석도 조폭의 생리에 대해 잘 알았으니까."

한 번 걸리면 진짜 악착같이 단물을 빼먹는 조폭의 특성을 알아차렸다.

다음번에는 진짜로 장기가 털릴지도 모르는 상황이니 다시는 서울 쪽으로 오지 않을 것이다.

"방서윤 양이야 이제 조용히 학교만 다니면 되고."

더군다나 방서윤은 한국대생이다.

고등학교 담임과 대학생의 간극은 제법 큰 편이다. 생활하는 공간이 완전히 다르기 때문에 서로 부딪칠 일이 없다.

설사 부딪친다고 해도 방서윤이 조폭의 보호를 받고 있다고 생각할 테니 당연히 그가 피할 수밖에 없다.

"이번 사건은 좀 씁쓸하다?"

"응?"

"법으로 해결한 게 아니잖아?"

노형진은 입맛을 다셨다.

맞는 말이다. 명색이 변호사인데 이번에는 자신들은 완벽하게 위법을 행했다.

그건 빼도 박도 못할 사실이다.

"어쩔 수 없어. 법은 완벽하지 않으니까. 유전 무죄 무전 유죄. 그건 영화에만 나오는 말이 아니니까."

만일 경찰이 진짜 믿을 만하고, 자신들이 신고한 내용이 바깥으로 새어 나갈 가능성이 전혀 없으며, 황규성이 확실하게 처벌을 받을 수 있는 시스템이 되어 있었다면 자신들이 이렇게 범죄를 저지르지는 않을 것이다.

"하지만 그렇지 않지."

분명히 이런 걸 신고하면 외부로 이야기가 나갈 것이다. 심지어 성범죄를 해결해 주는 조건으로 자신과의 잠자리를 요구하는 형사도 있다.

게다가 그 후도 문제다.

만일 신고한 걸 알면 전격적으로 구속해서 유출되는 걸 막아야 하는데, 이런 협박은 기본적으로 구속 수사가 원칙이 아니다.

그리고 외부에 그걸 뿌리면 기껏해야 벌금으로 300~400 정도 내면 땡이다. 그 대가로 신고자는 인생이 박살 나는 거고.

"설마 거기서 일하는 사람들이 다 이런 처지는 아니겠지?"

"그런 경우는 드물어. 자기가 즐기기 위해 하는 사람이 없는 것도 아니고, 명품 때문에 하는 사람도 있고."

노형진은 어깨를 으쓱했다.

"하지만 그들이 여전히 사람이고 법의 보호를 받아야 한다는 것은 변하지 않는 사실이지. 그쪽 세계 사람이라고 색안경 낄 이유도 없지만, 그렇다고 불쌍하게만 생각할 이유도 없어. 모든 사람들이 사는 세계가 다 그렇듯이 불쌍한 사람도 있고 쌍놈도 있는 법이다. 바른 사람은 도와주고 나쁜 놈은 처벌하면 되는 거야."

노형진은 그렇게 말하면서 의자에 길게 기대앉았다.

"알았어. 아, 그리고 채시영 씨가 연락했더라."

"응?"

"아가씨 이백 명 항시 대기라는데? 놀러 오래."

"끄응……."

"왜? 남자들 그런 거 좋아하지 않아?"

은근히 다 안다는 표정으로 노형진을 놀리는 손채림.

그러나 노형진은 가고 싶지 않았다. 아니, 갈 수가 없었다.

"내가 거기 가는 건 둘째 치고 말이야."

"올, 갈 생각은 있는 거?"

"아니, 없거든. 거기에 가면 무슨 일이 생길 것 같아?"

"응? 그거야 불타는 밤을 보내는 거 아냐?"

"내 인생이 그렇게 편하디?"

손채림은 금방 이해하고 고개를 끄덕거렸다.

"아서라. 누구를 과로사시키려고."

"그렇지?"

노형진은 쉴 틈이 없다. 쉬려고 어디론가 가면 일이 따라온다.

일복이 터진 데다가 노형진은 오지랖이 넓어서 그걸 그냥 두고 오지 않을 테니까.

　　"이백 명 대기 중은 사건이 이백 건이라는 소리일 것 같은데?"

　　노형진이 왠지 부르르 떨면서 말하자 그 모습이 웃겼던 손채림은 그저 피식피식 웃을 수밖에 없었다.

다크 웹

따뜻한 봄이 되어 가고 있지만 여전히 세상은 바쁘게 돌아가고 있다. 생동하는 봄만큼이나 소송도 늘어나는 법이니까.

그건 새론도 마찬가지였다.

"잘 부탁드립니다."

"별말씀을요."

사건은 계속 몰려왔고, 새론에서는 그런 사건을 끊임없이 해결했다.

"노 변호사."

"네?"

"안당 마님한테 밉보인 거 있나요?"

"아니요."

"근데 왜 이렇게 사건이 많아요?"

"나름 우리를 배려하시는 거겠지요."

노형진은 피곤한 얼굴로 눈을 비비면서 말했다.

그리고 송정한은 한숨을 푹 쉬었다.

"우리한테 잘해 주는 건 참 좋은데 우리를 무슨 철인으로 아시는 건지, 과로로 우리를 죽이려는 것도 아닐 테고."

"거참."

채시영의 의뢰를 시작으로 안당은 적지 않은 사건을 새론으로 보내 주고 있었다.

좋게 말하면 소개지만, 그 숫자가 적지 않은 것이 문제였다.

"그렇다고 거절할 수도 없고."

안당이 보낸 사건은 그저 그런 사건이 아니었다.

물론 지난번 방서윤의 사건처럼 돈도 안 되고 고생만 하는 사건도 있지만 대부분 억 단위가 가뿐하게 넘어가는 커다란 사건이다.

"사람을 더 뽑아야 하는 건가요?"

"매년 뽑고 있네만."

"하지만 대부분 신입이지요. 제가 봐서는 스카우트를 알아봐야 할 것 같습니다."

"스카우트?"

"네."

"좋은 생각이기는 한데……."

송정한은 곤란한 얼굴이 되었다.

새론이 추구하는 변호사의 사명은 다른 곳과 사뭇 다르다. 그래서 다른 곳에서 변호사가 오는 경우는 드물다.

변호사지만 정의를 추구하고 공정한 법을 추구하는 새론.

그에 반해 가진 자와 돈을 우선시하는 다른 법무 법인들.

그래서 다른 곳에 있던 사람들은 잘 오지 않는다.

"지금도 사람을 구하는 게 쉽지는 않은데 말이지."

"그렇지요."

그런 새론의 기업 문화 때문에 들어오는 사람들은 대부분 새로운 변호사가 된 사법연수원 졸업생들이다. 그래서 실력이 부족하다.

다행히 노형진이 사건을 규격화하고 변론 방식으로 시스템화시켜서 그들이 실수하는 경우는 거의 없지만, 반대로 심각한 문제가 있었으니 그것은 바로 그들이 스스로 공부하기 전까지는 실력이 급상승하는 경우가 드물다는 점이다.

쉽게 말해서 참고서로 평균은 맞출 수 있어도 우등생을 만드는 데에는 한계가 있는 것과 마찬가지인 것이다.

"아무래도 중간을 데리고 와야 하는데 말이지요. 현재 새론은 중간 계투를 해 줄 수 있는 중견이 없습니다."

"하아, 그건 참……."

송정한은 안타깝다는 듯 입맛을 다셨다.

완벽한 시스템이란 없다더니, 생각지도 못한 문제가 새론을 힘들게 할 줄이야.

"일단은 외부에 스카우트해 올 사람을 찾아보세."

"네, 그러지요."

별 가능성이 없는 일이기는 하지만 그것 말고는 방법이 없기 때문에 두 사람은 그렇게 간단한 대화를 하고 말았다.

그렇게 대화를 끝내고 노형진이 사무실로 올 때였다.

"노 변호사, 시간 있나?"

"김 변호사님? 어쩐 일이십니까?

자신의 사무실에서 기다리고 있던 김성식을 보고 노형진은 고개를 갸웃했다.

김성식은 원래 중수부장 출신의 실력과 변호사다. 그래서 대부분 단독적으로 사건을 진행한다.

형사적 사건에 관해서는 어떻게 보면 노형진보다 훨씬 실력이 좋기 때문에 주로 형사 쪽 사건을 담당하는 타입이었다.

그래서 요 근래에는 그다지 함께 일한 적이 없었다.

'이상한데?'

원래 강력 사건부터 담당했던 그였고 중수부장으로 온갖 더러운 꼴을 다 봤기 때문에 쉽게 흔들리는 타입은 아니었다.

그런데 그의 얼굴이 상당히 굳어 있었다.

"무슨 일 있나요?"

"그러네. 하지만 내 쪽에서 어떻게 할 수 있는 게 없어."

"네?"

노형진은 고개를 갸웃했다.

중수부장이었던 그다. 그가 백을 쓴다고 하면 어디서든 쓸 수 있다.

당장 그가 원하면 살인범도 풀려나지는 못해도, 최소 형량으로 맞춰서 나올 수 있을 정도다. 그런데 그런 그가 해결할 수 없다?

"그런 걸 제가 해결할 수 있을 리 없지 않습니까?"

"자네는 외국 사건도 몇 번 하지 않았나?"

"그거야 그렇습니다만, 외국 사건이라고 해도 되는 게 있고 안되는 게 있는데……."

"자네 말고는 방법이 없네."

"끄응…… 일단은 들어 보죠. 아, 채림이 불러올까요?"

손채림은 세계 각국을 가 본 경험이 있다. 그러니 조금이나마 도움이 될지도 모른다.

"그래 주게. 지금 당장 고양이 손이라도 빌리고 싶은 심정이니까."

"그렇지요."

노형진은 손채림을 데리고 들어왔다.

그리고 잠시 후 송정한도 노형진의 사무실로 들어왔다. 그런데 그 역시 얼굴이 딱딱하게 굳어 있었다.

"무슨 일입니까?"

아무래도 자신이 모르는 사이에 무슨 일이 벌어졌는데 자신만 모르는 모양이었다.

"저한테 말 안 하고 무슨 서프라이즈를 준비하십니까?"

"그건 자네가 자초한 거야. 상부랑 선을 만들려고 하지 않으니까 우리를 통해 오는 거야."

송정한의 말. 노형진은 혹시나 하는 얼굴이 되었다.

"설마 김성식 변호사님과 같은 사건입니까?"

"그럴 걸세. 그쪽을 통해 놓고도 급하니까 내 쪽으로도 통하려고 하거든."

"도대체 무슨 사건인데요? 정치 사건입니까? 전 정치 사건은 담당하지 않는 거 아시잖아요?"

자신은 정치적 중립을 요구한다. 물론 원하면 정치에 투신할 수 있지만 정치는 국민을 위한 게 아니다.

그리고 그걸 할 변호사들은 넘친다.

"정치 사건은 아닐세. 정치 쪽 인물과 관련된 부탁이기는 하지만 현 상황에서는 그도 대한민국 국민으로서 도움을 요청하는 셈이니."

"정치인?"

"우관중 님의 부탁일세."

"우관중."

노형진의 얼굴이 딱딱해졌다.

우관중.

현 대법원의 대법관 중 한 명으로, 차기 대법원장으로 평해지는 사람이다.

'그러고 보니 그 사람, 대법원장은 되지 못했지?'

이유는 알지 못한다. 갑자기 건강상의 이유를 핑계로 물러난 것이다.

일부에서는 정권의 찍어 내기가 아니냐는 의심을 하기도 했지만 사실 그는 우파 쪽 인물로, 현 정권에서는 입맛에 맞는 사람 중 한 명이다. 그러니 찍어 내기일 수가 없다.

"정치 쪽은 별로……. 그리고 그분 사건이라고 하면 목숨 걸고 뛰어들 사람들이 많을 텐데요?"

"국내라면 그렇지. 하지만 국외라면 이야기가 달라지네."

"해외에서 무슨 사고 쳤습니까? 그러면 현지 변호사를 고용해야지요. 전 한국 변호사 자격만 있습니다만?"

"농담이 아닐세. 진짜야."

"흠…… 일단 들어 봐야겠네요. 무슨 일인가요?"

아무래도 무슨 사건인지 모르지만 정치적 사건은 아닌 듯했다. 그리고 상황을 봐서는 자신이 아니면 해결할 수 없는 모양이니 말이다.

"손녀가 실종되었네."

"손녀가 실종되었다고요?"

"그래."

"아니, 그걸 왜 저한테?"

그건 자신이 아니라 경찰에 신고해야 한다.

그리고 경찰에서는 우관중의 손녀라고 하면 전국을 이 잡 듯이 뒤져서라도 찾아낼 것이다.

"국내가 아니야. 터키일세."

"터키?"

"그래. 배낭여행 중에 실종된 걸세."

"끄응."

터키는 명백하게 외국이다.

우관중이 아무리 힘이 강해도 다른 나라, 그것도 터키처럼 그다지 관련이 없는 나라에서는 별로 힘을 쓸 수가 없다.

"대사관에도 부탁했네. 하지만……."

"기대할 수가 없겠지요."

대사관이야 말로는 최선을 다한다, 노력하겠다 하지만 대한민국의 대사관이 얼마나 무능하고 일 안 하는지 모르는 사람이 있던가?

그들이 하는 것이라 봐야 기껏해야 현지 경찰에게 신고하고 그다음에는 나 몰라라 하는 것뿐이다.

'그렇다고 뭐라고 할 수도 없고.'

법조계와 외교계는 그다지 터치가 없는 곳이다. 그러니 강제로 힘을 쓸 수는 없다.

사실 쓴다고 해도 대사관에서 한 것 이상으로 할 수 있는 것도 없고.

"그래서 저한테 온 겁니까?"

"자네가 몇 번 해외에서 힘든 사건을 해결하지 않았나?"

"그거야 편법으로 한 거죠."

"대부분의 변호사들은 그 편법조차 모르네."

"끄응……."

"그리고 그쪽 조사 결과가 나왔는데……."

"그런데요?"

"납치일세."

"납치?"

"그래."

송정한은 딱딱한 얼굴로 설명해 줬다.

현지 경찰이 주변을 수색했는데 어떤 관광지에서 동양인 여성이 납치당하는 것이 목격되었다고 한다.

그 과정에서 떨어진 그녀의 가방이 발견됐는데, 거기에서 그녀의 신분증이 나왔다고 한다.

"설마……."

"맞네. 우관중 씨의 손녀인 우소담일세."

그렇다면 이야기가 심각해진다.

그들이 왜 그녀를 납치했을까? 뭔가를 노리고? 아니면 돈을 노리고?

"연락 온 거 없습니까? 돈을 달라거나, 아니면 누군가를 석방하라거나?"

"전혀. 그래서 현지 경찰도 방법이 없다고 손을 놔 버린 모양이야."

"하아."

실종된 관광객. 그를 찾기 위해 현지 경찰이 나서는 경우는 드물다.

'그렇지만 그래도 너무 뜬금없잖아?'

왜 그녀를 납치한단 말인가?

"돈은 원하는 대로 줄 테니 제발 손녀만 찾아 달라고 하더군."

"돈이야…… 상관없습니다만……."

노형진은 왠지 그가 그만둔 이유를 알 것 같았다.

아마도 손녀를 찾지 못했을 것이다. 그리고 그게 충격이 되어서 그만둔 것이리라.

납치 사건은 외부에 공표되지 않았었으니까.

'정치 쪽은 담을 쌓으려고 하지만.'

이건 정치가 아닌 사람의 문제다.

우관중이 대법관이 아니라 대통령이나 또는 거지라고 해도, 납치당한 사람을 찾기 위해 노력하는 것은 당연한 일.

"알겠습니다. 그 사건에 대해 제가 알아보지요."

자신의 손을 내려다보면서 노형진은 주먹을 꽉 쥐었다.

⚖️

"왜 납치당한 걸까?"

이것이 법이다

손채림은 납치당한 이유를 알아내기 위해 머리를 쥐어짰다.

"역시 뭔가를 노리기 위해서일까?"

"아닐걸."

"뭐?"

"난 그렇게 생각 안 해."

"어째서?"

"아직 연락이 없잖아."

"나중에 올 수도 있지."

'안 와.'

만일 연락이 와서 우관중이 손녀인 우소담을 찾았다면 그가 물러날 이유가 없다.

그 말인즉슨, 연락이 없었다는 뜻이다.

"국정원에서는 북한 소행이라고 하더군."

"쯧쯧, 그놈의 북한은. 뭐든 북한이라고 하는군요."

김성식의 말에 노형진이 혀를 끌끌 찼다.

물론 할아버지의 신분을 생각하면 그럴 수도 있다. 하지만 반대로 생각하면 그럴 이유가 없다.

아주 대놓고 납치해서 뭘 어쩌란 말인가?

더군다나 현재 대법원에서 계류 중인 사건 중에는 북한과 관련된 사건이 없다.

정보를 원하는 거라면 외교 대사의 가족을 납치했지, 대법관은 의미가 없다.

"국정원은 일만 터지면 일단 북한 소행이라고 하니까 신경 끄세요."

"나야 잘 알지."

자신들이 해결할 자신이 없으니까 그냥 북한에 뒤집어씌우는 것이다.

'현 정권 들어서 국정원의 외부 정보 라인은 사실상 괴멸되었다지?'

외부에서 일하던 사람들을 모조리 끌어들여서 국내 감시에 투입한 결과 외부 정보 라인은 완전히 소멸되었다는 이야기가 공공연한 비밀이었다.

심지어 그 와중에 현 정권의 입맛에 맞지 않는 전 정권의 선발자나 근무자를 모조리 자르고 신입으로 대체하는 바람에 업무의 숙련도 역시 급락한 것도 사실이다.

"도대체 누가 뭘 노리고 있는지 모르겠네."

김성식은 우려 섞인 얼굴이 되었다.

하지만 노형진은 방향을 조금 다르게 잡았다.

물론 그가 미래를 몰랐다면 그 또한 저들과 같은 실수를 했을 것이다.

우관중의 자리는 그만큼 중요하기 때문이다.

'그러나 연락은 없었다.'

물론 우관중의 퇴임을 요구한 것일 수도 있다.

그러나 그럴 거라면 지금쯤 연락이 와서 빠른 시일 내에 퇴임해야 한다.

노형진이 기억하는 한 우관중의 퇴임은 6개월인가 7개월 이후였고, 실제 그가 퇴임할 때 모습은 결코 건강하다고는 말할 수 없었다.

즉, 퇴임은 납치범들의 요구 사항이 아니었다는 것.

"단순히 생각해 보죠."

"단순히?"

"네. 터키의 실종 기록을 확인할 수 있을까요?"

"그거야 어려운 일이 아니네만."

"그걸 가져다주세요."

"그건 왜?"

"필요해서 그럽니다."

노형진은 그렇게 말했고 김성식은 고개를 끄덕거렸다.

⚖

얼마 후 외교부에서는 신고된 기록을 보내 줬다.

그걸 본 노형진은 확신을 가질 수 있었다.

"이건 우관중 씨와는 관련이 없습니다."

"무슨 소리인가? 우관중에게 뭔가를 노리는 게 있으니 그 손녀를 납치했겠지."

"하지만 터키의 범인들은 그걸 모르지요."

"그게 무슨 말이야?"

"우소담 씨는 수많은 실종자 중 한 명일 뿐이라는 겁니다."

노형진은 직접 표시한 부분을 사람들에게 내밀었다.

"터키에 신고된 실종자 보고서입니다. 공통점이 몇 개 있지요. 20세에서 30세 사이의 아름다운 외모를 가진 여성이 사건의 80% 이상을 차지합니다."

"응?"

"그리고 우소담 씨는 완벽하게 이 조건에 들어맞지요."

다들 얼굴이 딱딱해졌다.

그 말은 뭔가를 노리는 게 아니라 진짜로 그냥 개인적인 사건으로 납치되었다는 뜻이 되기 때문이다.

그리고 그렇다는 것은, 찾기 더욱 힘들다는 뜻이다.

"어이가 없네. 이렇게 실종자가 많은데 우리나라에서는 나서지 않았다는 거야?"

실종된 여자는 못해도 마흔 명이 넘는다.

그런데 정부에서는 말도 없고 찾기 위한 노력도 없었다. 그저 노력한다는 말 한마디뿐.

"우리나라 대사관에 뭘 기대면 안 돼."

이제는 진리가 되어 버린 그 말.

노형진은 그 말을 하면서도 씁쓸했다.

"잠깐, 이게 사실이면 우리가 해결할 방법이 없지 않은가?"

"없는 건 아니지요."

"없는 건 아니다?"

"네. 외모로 보나 나이로 보나, 납치된 목적은 뻔하니까."

"응?"

"성 노예."

"성 노예라니……."

"얼마 전에도 한국에서 비슷한 사건이 있지 않았습니까?"

"끄응……."

그랬다.

중국에서 납치된 여자들을 한국에 성 노예로 수입한 사건.

그 사건은 노형진이 해당 조직을 깨부수면서 해결되었다.

"우리나라에 있는데 다른 나라에라고 없을까요?"

"큭."

이를 악무는 김성식.

노형진의 말이 맞는다면 찾는 것은 사실상 불가능하기 때문이다.

"방법이 없는 건 아닙니다. 아직은요."

"있다고?"

"네, 하지만 적지 않은 돈이 들어갈 겁니다."

"우관중이 낼 걸세. 얼마든 말이야."

노형진은 고개를 끄덕거렸다.

쾅쾅.

문을 두들기자 문을 빼꼼 여는 남자.

그리고 그 남자는 노형진을 보고 눈을 찌푸렸다.

"당신은?"

"잘 지냈죠, 카를로스?"

히죽 웃는 노형진.

하지만 카를로스는 탐탁지 않은 얼굴이었다.

"다시는 볼 일이 없다면서요?"

"압니다. 하지만 사정이 급해서요. 손님이 왔는데 안 들여보내 주실 거예요?"

"……."

"그러면 돈 가방은 여기 입구에 두고 가구요."

"돈 가방?"

"하이."

웃으면서 인사하는 손채림. 그리고 그녀가 들고 있는 여성용 가방.

흔한 가방이지만 왠지 줄이 팽팽한 것이, 무거워 보였다.

"FBI가 이걸 보고 뭐라고 할까요?"

"아, 미친 새끼! 들어와요! 어서!"

어쩔 수 없이 문을 열어 주는 카를로스.

그는 짜증스럽게 휠체어를 밀어서 안으로 들어갔다.

"다시는 안 보기로 했잖소?"

"그렇지요. 그나저나 할머니는 어디 가셨습니까?"

"놀러 가셨소."

툴툴거리면서 자신의 방으로 들어간 그는 일단 커튼을 내리고 주변에 뭔가를 작동시켰다.

"안 그래도 FBI 때문에 신경 쓰여 죽겠구먼."

카를로스는 애나머스라는 해커 집단에 속한 사람이었다.

그는 미국 FBI의 추적을 받다가 노형진이 경고해 준 덕분에 체포는 면했다.

"체포를 면한 거지, 그 새끼들이 감시를 멈춘 건 아니란 말이오. 그래서 먹고사는 것도 힘들어 죽겠는데."

자신의 데이터를 모조리 읽고 있을 테니 해킹하는 게 힘들었다. 그렇다고 직접 뭔가를 하자니 자신은 장애인이라 이 집 바깥으로 나가는 게 쉬운 게 아니다.

당연히 자리를 옮겨 가면서 아이피를 바꾸는 것은 꿈도 꾸지 못한다.

"압니다. 저희가 부탁하려는 건 인터넷으로 뭘 해 달라는 게 아닙니다."

"뭐라고?"

"다른 해커를 소개해 주셨으면 합니다. 가능하면 한국 사람으로요."

"해커?"

그 말인즉슨, 애나머스 집단에서 해 달라는 소리다.

그야말로 말도 안 되는 소리였다.

"미쳤소?"

애나머스는 전 세계 정부들이 가장 싫어하는 해커 집단이다. 감춰진 비밀을 모조리 해킹해서 까발리는 집단이다 보니 정권에 해가 되는 경우가 많기 때문이다.

"저희에게는 실력 있는 해커가 필요합니다."

"드러난 놈들이 얼마나 많은데!"

"단순 해킹 실력이라면 그렇지요. 하지만 다크 웹 쪽 전문가가 필요합니다."

카를로스는 얼굴을 찌푸렸다.

다크 웹. 그건 자신들만 아는 단어 중 하나이기 때문이다.

"아니, 무슨 짓을 하려고?"

"누군가를 구해야 합니다."

"끄응……."

"물론 맨입으로 해 달라는 건 아닙니다. 이 가방에는 10만 달러가 들어 있지요."

"허 참, 잘도 들어 있겠네. 그 돈을 쓰면, FBI가 병신도 아니고……."

노형진은 대답 대신에 가방 안에 있는 걸 꺼내서 내려놨다.

그런데 그것은 돈다발이 아니라 외장 하드였다.

이것이 법이다

"그건?"

"비트코인입니다."

"꿀꺽……."

그걸 본 카를로스는 침을 꿀꺽 삼켰다.

비트코인은 인터넷상의 가상 화폐로, 막 사용되는 물건이다. 하지만 그 가치가 얼마나 되는지는 충분히 알고 있었다.

"현 시점으로 10만 달러어치입니다. 시간이 지나면 더 오를 수도 있지요. 그리고 미국 정부는 비트코인을 추적할 수가 없습니다. 생활이 힘들다고 들었습니다만."

"씨발."

맞는 말이다.

전에는 해킹을 통해 얻은 정보로 주식에 투자해서 먹고살았는데, FBI가 붙어 버린 후에는 그렇게 하지 못하게 된 것이다.

애나머스의 다른 사람들이 도와주기는 했지만 과거에 비해 확실히 쪼들리는 것은 어쩔 수 없다.

"그리고 제가 이 비트코인으로 투자할 수 있는 사업처를 알려 드리지요."

"사업처?"

"제가 누군지는 아실 텐데요?"

노형진이 히죽 웃으면서 말했다.

다른 사람도 아닌 애나머스의 카를로스가 노형진에 대해

모를 리 없다.

"그곳에 투자하면 1년 내에 네 배의 수익이 날 겁니다. 어떻게 하시겠습니까?"

"큭…… 빌어먹을."

그 돈이면 자신은 고생 없이 살 수 있다. FBI가 추적하든 말든 말이다.

"신고하려는 거 아니죠?"

"아까 말씀드렸다시피 우리는 사람을 구하려고 하는 겁니다."

"좋소. 하지만 나도 그냥은 할 수 없고……."

그는 자신의 컴퓨터로 다가가더니 어딘가에 메시지를 보내기 시작했다.

물론 감청되고 있을 게 뻔하지만 그 내용 자체는 평이한 안부로 되어 있는 개인 암호라 감청해 봐야 그냥 안부 정도로만 알 것이다.

"조건은?"

"현금으로 2억. 그리고 원하면 취업."

"취업이라고?"

"한국은 요즘 취업이 힘들거든요. 그리고 이렇게 비밀리에 해킹하는 사람이라면 더욱요."

노형진이 히죽 웃으면서 말하자 카를로스는 뭐 씹은 얼굴로 몇 마디 하더니 다시 몸을 돌렸다.

"연봉은 1억 이상."

"실력만 된다면요."

물론 실력은 될 수밖에 없다. 다른 곳도 아니고 애나머스 소속이니까.

'그리고 우리도 이참에 다크 웹에 대해 아는 사람을 찾아 봐야지.'

그래야 자신들에게도 유리할 것이다.

"만나 보겠다는군."

그는 종이에 뭔가를 적어서 건넸다.

"나도 얼굴은 모르니까 알아서 찾아가세요. 닉은 블랙파이어드래곤707이오."

"헐, 닉 참 중2병 돋네. 블랙파이어드래곤? 흑염룡이 뭐야, 흑염룡이."

조용히 듣고 있던 손채림이 어이가 없는 듯 중얼거렸다.

"뭐야? 영어 하잖아?"

조용히 있어서 영어를 못 하는 줄 알고 방심하던 카를로스는 깜짝 놀랐다.

"그래서 상관있나요?"

"끄응…… 하긴, 상관없지."

노형진은 하드를 건네고 자리에서 일어났다.

이곳은 감시받고 있으니 오래 있어 봐야 좋을 게 없으니까.

"이만 가 보겠습니다."

"안 나가겠소."

건물에서 나오자마자 노형진은 바로 공항으로 가서 한국으로 가는 비행기를 타고 귀국했다.

자신이 미국에 있어 봐야 정부에서 또 누군가를 붙일 가능성이 높으니까.

"그나저나 다크 웹이 뭐야?"

손채림은 아까의 대화가 이해가 안 가는 듯 고개를 갸웃했다.

"말 그대로 인터넷이지."

"인터넷?"

"그래."

"세상에 흔한 게 인터넷이잖아?"

"그건 어디까지나 공식적인 거고. 우리가 아는 웹 사이트의 드러나는 부분은 고작 5% 미만이야."

"뭐라고?"

"우리가 쓰는 인터넷상의 내용은 고작 5%라고."

다크 웹, 또는 심층 웹이라 불리는 공간.

전 세계 인터넷의 95%를 차지하는 그 정보들은 일반적 사이트에 올라가지 않는다. 철저하게 차단된 상태에서 극비리에 운영된다.

그리고 대부분의 사람들은 그 존재 자체도 모른다.

"사람들은 인터넷을 정보의 바다라고 하지. 그와 동시에 정보의 쓰레기통이라고도 해."

뭔가를 검색하려고 하면 그와 관련된 많은 정보가 나오지만 그와 관련된 쓸모없는 정보도 무차별적으로 나오기 때문이다.

"그게 고작 5%라고?"

"그래. 그리고 나머지 95%의 공간에는 우리가 알지 못하는 정보가 떠돌아다니지."

그렇기 때문에 그 공간을 뒤지기 위해서는 관련된 전문가가 필요하다.

"바다로 치면 우리가 쓰는 인터넷 사이트는 안전하고 평온한 해수욕장이야. 하지만 다크 웹은 거칠기 짝이 없는 대해지. 제대로 알지 못하면 그 안에서 빠져 죽을 수밖에 없는."

"헐……."

"그러니 그 안에서라면 어쩌면 찾을 수 있을지도 모르지."

노형진은 그렇게 되기를 진심으로 원하고 있었다.

블랙파이어드래곤707, 즉 흑염룡707을 만난 곳은 상상도 못 한 곳이었다.

"네가 흑염룡?"

"그런데요?"

"장난이 아니고?"

"내가 장난으로 보여요?"

눈앞에 나타난 사람은 아무리 봐도 청소년이었다.

"너 몇 살이니?"

어이가 없어서 되묻는 손채림.

"이제 열아홉 살요. 재수 중."

"헐."

대학에도 못 간 해커라니.

왠지 어이가 없는 표정이 되는 손채림.

그러자 그는 짜증스러운 얼굴이 되었다.

"나도 컴퓨터 쪽으로 가고 싶었다고요. 그런데 엄마가 무조건 의사 하라잖아요, 씨발."

그 모습에 손채림은 우려 섞인 표정으로 노형진에게 물어봤다.

"믿을 만한 거야?"

"응."

"어떻게 알아?"

"너 같으면 성인이 흑염룡이라는 오글거리는 닉을 쓸 것 같아?"

참 대단한 이유이기는 한데 또 믿음직한 이유는 아니다.

"그리고 원래 해커들의 전성기는 저 때부터야."

"뭐?"

"해커들의 세계는 세대교체가 빠른 편이야. 발전이 빠르거든. 그리고 저 나이 때의 아이들이 가장 빠르게 적응하고."

"올, 잘 아시네."

사탕을 쭙쭙 빨면서 대답하는 소년.

"일단 소개부터 하지. 난 노형진. 이쪽은 손채림. 넌?"

"이수종. 아까 말했듯이 재수 중."

"재수라."

"네."

"너희 어머니가 네가 컴퓨터 천재인 거 아니?"

"알 리가 있나요?"

어머니는 컴퓨터 하면 무조건 게임이나 하는 줄 안다. 그 때문에 그가 컴퓨터를 하는 걸 무척이나 싫어했다.

"그래서 의대에 가려고?"

"뭐, 해킹해서 성적 고치는 건 일도 아니긴 한데, 그랬다 가 누굴 죽이려고."

"하긴."

의대 입학에 중요한 것은 성적이다. 그러나 스스로가 의대 에 가지 못한다는 걸 잘 아는 그가 의대에 갈 가능성은 없어 보였다.

"적당한 취업처라면 포기해 주겠지요."

"그래서 받아들인 거냐?"

"새론에 연봉 1억의 컴퓨터 관리인 자리라면 어머니가 싫 어할 리 없잖아요?"

히죽 웃는 이수종.

손채림은 믿음직스럽지 못한 듯했지만 노형진은 신경 쓰지 않았다.

　　'도리어 잘된 거지.'

　　이 세계에는 천재라는 존재가 있다. 그리고 그가 바로 컴퓨터 세계에서의 천재다.

　　천재는 적응이 빠르기 때문에 일도 더 잘하고 또 성장도 빠르다. 그리고 세대교체가 심한 이곳에서 더 오래 일할 수 있다.

　　"그래서 원하는 게 뭔데요?"

　　"사람을 찾고 싶다."

　　"사람?"

　　"그래, 납치된 사람이다."

　　노형진은 사건에 대해 설명해 줬고, 그 말을 들은 이수종은 단번에 내막을 알아차렸다.

　　"성 노예네."

　　"네가 어떻게 알아?"

　　고작 열아홉 살밖에 안 되는 아이가 안다는 사실에 기가 막힌 손채림.

　　"다크 웹이니까."

　　"뭐라고?"

　　"원하면 원하는 스타일의 어떤 성 노예도 구할 수 있어요. 노인, 어린이, 유아 등등."

"그게 무슨……?"

"다크 웹이니까."

하지만 여전히 이해 못 하겠다는 얼굴인 손채림.

"하긴, 이건 일반인이 들어서 이해할 게 아니니까. 한번 직접 볼래요?"

"그래."

"여기서 할 수 있어?"

"그럴 리가요. 다크 웹이 무슨 네이년인 줄 아세요? 집으로 가야 해요. 다행히 엄마가 일하러 간 시간이니까 가능하겠네요."

이수종은 노형진과 손채림을 데리고 집으로 향했다.

그리고 컴퓨터를 켜고는 상당한 시간을 들여서 낯선 인터넷 사이트로 들어갔다. 그러자 화면에 떠오르는 수많은 사진들.

"우우우……."

손채림은 그걸 보고 충격에 빠졌다.

거기에는 사진과 더불어 신상명세가 나와 있고, 제각각 가격이 붙어 있었다.

브라질계 여성, 나이 22세, 가슴 사이즈 34……(중략)……가격 3만 달러.

미국계 남성 나이 17세, 백인계……(중략)……가격 2만 5천 달러.

중국계 여아, 나이 14세, 동양계……(중략)……가격 6만 달러.

중국계 여아, 나이 8개월, 동양계……(중략)……가격 10만 달러.

"이, 이게……."

"인신매매 사이트."

노형진이 원하는 게 뭔지 바로 알아차리고 그곳을 보여 준 것이다.

"뭐, 사이트가 워낙 많아서 좀 더 찾아봐야겠지만."

"흠……."

노형진은 딱딱한 얼굴로 그 사진들을 물끄러미 바라보았다.

"세상은 이렇게 더럽습니다."

히죽거리는 이수종.

그가 학생답지 못하다고 욕할 게 아니었다. 이런 걸 볼 수 있는 사람이 학생다울 수는 없다.

변호사들이 대부분 범죄만 상대하다 보니 상당히 차갑고 염세주의자가 되는 것과 비슷한 식이다.

"원하는 게 있으면 뭐든 구할 수 있어요. 여자, 남자, 총, 칼, 독극물, 시체, 장기 등 원하는 건 뭐든. 뭐, 미사일이나 핵폭탄 같은 건 각국이 심각하게 감시해서 무리겠지만 개인 범죄 장비는 얼마든지 구할 수 있어요."

"뭐? 총도 구할 수 있다고?"

"네."

"하지만 한국은 총기 소유가 불법 아니야?"

노형진이 왠지 어색한 얼굴이 되었다.

"총기 소유는 불법인데 총기 부품을 가지는 건 합법이야."

"그게 뭐야?"

"말 그대로야. 부품을 여기저기서 구입해서 조립하면 총을 만들 수 있다는 거지. 실제로 상당수 폭력 조직은 총이 있다고 봐야 해. 다만 한국 경찰이 총기에 예민하기 때문에 쓰지 못하는 것뿐이지."

"설마."

"설마가 아니야. 만구파 기억하지?"

손채림은 입을 다물었다.

무너지기 직전 결사적으로 저항할 때, 만구파는 총기뿐만 아니라 지대공미사일과 대전차미사일까지 보유하고 있었다.

"아마도 이런 곳을 통해 구입했겠지."

"……."

평소에 장난기 많고 쾌활한 손채림도 이 상황에서는 도무지 좋은 얼굴이 될 수가 없었다.

"이 사람들이 다 팔리기 위해 기다리고 있는 거야?"

"네."

"이런 애들은……."

어른이야 그렇다고 치고 애들까지 나오다니.

"중국에서 많이 나와요."

"중국?"

"네, 중국은 무조건 한 자녀 정책을 쓰니까."

중국은 한 자녀 정책을 써서, 추가로 애를 낳으면 엄청난 벌금을 내도록 되어 있다.

"그래서 낳으면 팔아 버리는 거죠. 사실 안 판다고 해도 중국에 넘쳐 나는 게 인신매매 조직이니까요. 길거리 한복판에서 애들을 납치하기도 하죠. 주변 사람들은 그걸 보고도 본 척 만 척하니까 대부분 저항도 못 하고 뺏기는 편이고."

"아니, 애는 어떻게 되고?"

"그들이야 모르죠. 운 좋으면 진짜 아이가 필요한 집에서 구입하는 경우도 있지만…… 대부분은 불법 노예 노동력으로 팔려 가죠."

입양을 원하면 합법적으로 하는 경우가 대부분이고 그게 불가능한 것은 아니니까.

"미친……."

"알았다. 일단 부탁한다."

노형진은 사진과 신상을 주고 이수종에게 부탁했다.

"찾아볼게요."

"그래."

노형진과 함께 그곳을 나오면서도, 손채림은 충격을 받아서 아무런 말도 할 수가 없었다.

"그런 곳이 있단 말인가?"

"네."

김성식은 기가 막히다는 얼굴이 되었다.

그런 곳은 들어 보지도 못했다. 아니, 어떻게 그런 공간이 있을 수 있단 말인가?

"정부에서도 모르나? 그걸 그냥 둬?"

"모를 리가요. 하지만 그 공간은 추적이 불가능합니다."

노형진은 고개를 흔들었다.

"그곳에 접근할 수 있는 브라우저는 추적이 불가능한 시스템으로 되어 있어요. 결국 브라우저를 추적해서 찾아내는 것은 불가능하죠. 만일 사건을 해결하고자 한다면 일일이 구입자로 접근하는 수밖에 없지요."

"그래야지!"

"하지만 그렇게 하면 언제나 아랫놈들밖에 못 잡죠."

"미친……."

"그리고 솔직히 우리나라는 그런 것에 관심을 안 가지는 것도 사실이구요."

노형진은 한심스럽다는 듯 말했다.

미국도 이런 다크 웹의 존재를 모르는 게 아니다. 하지만 그 어마어마한 규모 때문에 싸울 방법이 없다는 게 문제다.

웃긴 건 이 다크 웹에 접근하기 위해 필요한 브라우저는 미국 정부의 개발품이라는 거다.

"일단 이수종이 다크 웹을 뒤지고 있습니다. 학원도 째면서 일한다고 툴툴거리는 것 같기는 한데⋯⋯."

애초에 학원에 갈 생각도 없으면서 말이다.

"어찌 되었건 현재 찾아낸 정보에 따르면 노예로 등록된 한국인은 스무 명 정도 된다고 합니다."

"으음⋯⋯."

시작한 지 이제 고작 이틀이 지났을 뿐이다. 그런데 스무 명이라니.

"일단은 이 부분에 대해서도 해결책을 찾아야⋯⋯."

노형진이 말을 하려고 하는 찰나 그의 핸드폰이 울렸다.

"여보세요?"

─변호사님?

"수종이니? 무슨 일이야?"

─나왔어요.

노형진은 가볍게 전율이 일었다.

"진짜야?"

─네. 자세한 정보는 없지만 사진은 그 여자가 맞아요.

수종의 목소리가 들리지 않았지만 다들 무슨 상황인지 알아차리고는 아무런 말도 하지 않고 노형진의 전화기만 바라보았다.

"그거 보내 줄 수 있을까?"

─바로 보내 드릴게요.

"다른 사람도 봐야 하니 가능하면 팩스로 부탁한다."

─그러지요, 뭐.

"지금 바로."

─이미 보내고 있어요.

"알았다. 이따가 다시 연락하마."

노형진은 바로 바깥으로 튀어 나가 팩스기에서 나오는 한 장의 종이를 꺼내 들었다. 그리고 다시 회의실로 들어왔다.

"나왔습니다."

"진짜인가?"

"네."

노형진은 출력된 화면을 보여 줬다.

그곳에는 우소담의 사진과 함께 설명이 붙어 있었다.

한국인 여성, 나이 22세, 가슴 사이즈 30…… 가격 4만 5천 달러.

사람들은 아무런 말도 하지 못한 채로 출력된 종이만 뚫어 져라 볼 수밖에 없었다.

검은 거래

"억!"

"아버지!"

"아버님!"

정확한 위치를 알았으니 우관중에게 보고할 수밖에 없었다. 그리고 우관중은 충격을 받고 쓰러졌다.

하긴, 금이야 옥이야 보물처럼 아끼던 손녀가 성 노예의 매물로 나왔다고 하니 멀쩡할 리 없다.

"이게 무슨……."

우소담의 아버지 역시 패닉에 빠져서 혼이 나간 듯했다. 그래서 자신의 아버지인 우관중이 쓰러지는데도 아무런 말도 못 했다.

어머니는 이미 기절한 상태였고.

"구급차 불러! 어서! 아니…… 아니…… 당장 차 빼! 병원
으로 모셔!"

세 사람이나 되다 보니 구급차 한 대로는 어찌할 수가 없
어서 황급하게 움직이는 사람들.

"형님은요?"

우관중의 셋째는 멈춰 있는 둘째인 우남혁을 보고 되물었다.

"누군가는…… 상황을 파악해야 할 거 아니냐."

"아…….."

당장 누군가에게 팔릴 수도 있는 게 현실이다. 그러니 누
군가는 남아서 상황을 파악해야 한다.

하지만 우소담의 부모들과 우관중은 그럴 상황이 아니다.
그렇다고 그들만 병원으로 보낼 수는 없고.

"잘 부탁드립니다, 형님."

셋째는 우남혁에게 말을 하고는 얼굴을 부여잡았다.

"이게 무슨…….."

홀로 남은 우남혁은 절망적으로 얼굴을 부여잡고 소파에
주저앉았다.

어떻게 해서든 정신을 차리려고 하고 있지만 그도 이를 악
물고 버틸 뿐이지, 힘들기는 마찬가지였다.

"이게…… 사실이오? 우리 소담이가 성 노예로 판매되고
있다고?"

"네."

"이게 말이나 되냐고! 우리 소담이가 어떤 아이인데!"

집안에서 첫 번째로 태어난 아이라 얼마나 금이야 옥이야 키웠던가. 그런데 성 노예라니.

"현실은 언제나 상상 이상이지요."

"큭…… 이제 어떻게 해야 하오? 당장 특공대라도 투입해야 하나?"

"글쎄요……. 그건 무리입니다."

"아니, 왜!"

"우리나라가 사람을 구하기 위해 특공대를 투입하는 것에는 한계가 있으니까요."

다른 나라에 무력을 투입한다는 것. 그것은 무척이나 힘든 일이다.

아무리 사람을 구출하기 위해서라고 하지만 군사력이 다른 나라에 들어간다는 것 자체가 외교적으로 심각한 마찰을 일으키는 탓이다.

"더군다나 이런 조직은 보통 이미 완성된 것이기 마련입니다. 즉, 대부분의 경우 상부와 선이 닿아 있다는 얘기죠."

"그게 무슨……?"

"어디에 있는지도 모르는데 특공대를 투입하는 것은 무리이거니와, 투입하기 위해 그쪽 정부와 협상에 들어가는 순간 사실을 알고 우소담 양을 죽이고 잠수 탈 겁니다."

"빌어먹을!"

들고 있던 우남혁은 결국 치밀어 오르는 분노를 참지 못하고 테이블을 뒤집었다.

"그럼 어쩌라고?"

"가장 확실한 것은 우리가 구입하는 것입니다."

"구입? 지금 구입이라고 했소?"

노형진의 말에 분노에 찬 얼굴이 되는 우남혁.

하지만 노형진은 냉철하게 말했다.

"네, 구입이 맞습니다. 우소담 씨는 현재 상품으로 등록된 상태입니다. 우리가 구입 의사를 밝힌다면 안전이 보장됩니다. 하지만 구출 작전을 하려고 한다면 위험부담이 많은 상품이니 처분하려고 하겠지요."

"크윽……."

"현실을 직시하십시오."

노형진도 다른 방법이 있다면 쓰고 싶다. 그러나 이런 경우에는 답이 없다.

"가능하면 빨리 해야 합니다."

"후우, 좋소……. 하지만 어떻게 구입할 생각이오?"

"당연히 접근해야지요."

"하지만 무슨 수로?"

"우리에게는 이쪽을 잘 아는 사람이 있으니까요."

남상진은 노형진을 보면서 왠지 어이가 없는 시선이 되었다.

"네놈은 올 때마다 괴상한 일을 가지고 오는군."

"그렇게 되네, 후후후."

"웃을 일은 아닐 텐데?"

"뭐, 웃음이 나네."

악연으로 시작된 노형진과 남상진의 관계. 지금은 서로 중립에 가까운 사이였다.

정확하게는 노형진이 뒤로 해결해야 하는 사건이 있으면 그를 고용하고, 그는 로비스트로서 그 사건을 해결하는 데 도움을 준다. 물론 당연히 적당한 돈을 받으면서 말이다.

"그나저나 그쪽이랑 나랑 선이 있다는 증거도 없지 않나?"

"그럴지도 모르지. 하지만 다크 웹에 대해서도 모르지는 않을 텐데?"

"내가 그런 걸 알 리 없지 않나?"

천연덕스럽게 말하는 남상진.

노형진은 피식하고 웃었다.

"무기 브로커가 다크 웹을 모른다? 그걸 나보고 믿으라고? 지금 다크 웹에 유통되는 무기가 얼마나 많은지 모를 리 없을 텐데?"

"흠…… 그것도 일리가 있는 말이군."

정확하게 이야기는 하지 않았지만 다크 웹에 대해 안다는 긍정이었다.

그리고 그의 직업상 그쪽 세계와 거래가 없을 수가 없다.

"상대방은 대법관이다. 손해 보는 건 없을 텐데? 돈을 안 주겠다는 것도 아니고."

"그건 이해하지만 말이야, 나도 상도의라는 게 있다고."

"상도의?"

"그래. 무기나 별의별 물건을 다 거래하지만 말이야, 최소한 인간은 거래 안 해."

즉, 다크 웹에 대해 알기는 하지만 인신매매는 하지 않는다는 소리다.

"거래를 안 한다는 것뿐이지, 아예 방법을 모르지는 않을 텐데?"

"길을 터 달라 이건가?"

"그런 거지."

"흠……."

남상진은 아무런 말도 하지 못한 채로 침묵을 지켰다.

확실히 자신이 할 수 있는 일이기는 하다. 하지만 그 세계가 얼마나 어두운지 알기 때문에 가능하면 접근하고 싶지 않은 것도 사실이다.

"뒤통수가 근질거리는 건 사절하고 싶은데."

만일 구입 과정에서 일이 틀어지면 그들은 자신에 대해 손 쓰려고 할 것이다.

안 그래도 위험한 짓거리를 하는데 그런 위험은 부담이다.

"소탕이 아니라 구입이다. 딱히 문제가 될 것은 없어."

"알았다."

남상진은 고개를 끄덕거렸다.

"하지만 이번에는 다른 것보다 좀 더 줘야겠어."

"마음대로 하게나. 뭐, 내 돈 아니니까."

어깨를 으쓱하면서 하는 말.

남상진은 히죽하고 미소를 떠올렸다.

⚖

며칠 뒤 남상진으로부터 연락이 왔다. 그쪽과 이야기가 되 었으며 거래 장소는 터키라는.

"가서…… 데리고 와야 합니다."

"내가 가겠네! 내가!"

우관중은 병석에서도 직접 가겠다고 길길이 날뛰었다. 그 러나 그를 보낼 수는 없었다.

"절대 그러면 안 됩니다. 그곳에서 우 법관님이 흥분하면 일이 틀어집니다."

"아니, 내 가족인데 내가 못 간다는 게 말이나 되나!"

"그래서 더 못 간다는 겁니다. 어쩌면 그 녀석들, 가족이라는 사실을 알고 있을지도 모릅니다."

"뭐라고?"

"한국인이니까요."

한국인이 한국인을 산다? 그러면 가족일 가능성도 충분하다.

"이 녀석들은 이런 일을 한두 번 해 본 게 아닐 겁니다. 분명히 우리처럼 가족이 끼어들어서 구입한 적도 있을 겁니다. 그리고 그 과정에서 일이 틀어지면 극단적인 상황이 될 거라는 것도요."

"큭."

"그렇게 되면 우소담 양뿐만 아니라 우리까지 위험해집니다. 그 녀석들은 우리와 다르게 무장까지 한 놈들입니다."

더군다나 그들이 칼만으로 무장했을 리는 없다. 최소한 소총으로 무장한 녀석들이다.

쓸데없이 위험부담을 늘릴 수는 없다.

"하지만 그렇다고 자네가 가는 건 좀 그렇지 않나?"

송정한은 걱정스러운 얼굴로 말했다.

그럴 수밖에 없는 게, 그 구입을 위해 가겠다고 한 사람이 다름 아닌 노형진이었기 때문이다.

"제가 아니면 누가 갑니까?"

"다른 사람을 고용하면?"

"누구를요? 그 녀석이 돈을 들고 튀면 우리는 망하는 겁니다. 한국이 아니라 터키라고요. 그리고 이런 일을 해 본 사람이 필요합니다."

"그러니까 왜 자네가 가느냐고?"

"해 봤으니까요."

"뭐?"

송정한은 깜짝 놀랐다.

아니, 이런 일을 해 봤다는 것은 정말 의외의 말이었기 때문이다.

"언제?"

"그건 기밀입니다. 하지만 그때는 인질과의 교환 조건이었지요."

"뭐?"

물론 이번 생은 아니고 회귀 전 미국에서였다.

공식적으로 미국은 인질범과의 협상은 없다고 하지만 그건 어디까지나 정부의 입장이고 가족은 또 생각이 다르다. 돈으로 안전하게 구할 수 있다면 기꺼이 돈을 내준다.

그래서 그걸 노리고 몇몇 조직들은 아예 전문적 납치 팀을 운영하기도 한다.

그리고 일반적으로 그런 경우 그 돈을 나르는 일을 하는 것은 다름 아닌 변호사다. 노형진은 그 당시에 바로 그 일을 했다.

"경험이 있으니 그들의 반응에 예민하게 대응할 수 있습니다."

"크흠……."

"차라리 믿을 만한 사람을 보내는 게……."

우남혁은 우려 섞인 마음을 전했다.

노형진을 믿지 못하는 게 아니다. 하지만 자신들에게 충성하는 사람들이 있다.

그러니 그들을 보내는 게 자신들이 좀 더 안심이 되기 때문에 한 말이다.

"영 불안하면 저와 함께 보내도 됩니다. 두 명 정도까지는 위험하다고 생각하지 않으니까요. 하지만 그 사람이 과연 협상할 수 있나요? 영어에 능통합니까? 도리어 과도한 충성심으로 일을 그르칠 수도 있지 않겠습니까?"

"……."

"간단하게 생각하세요. 저쪽은 우소담 씨를 상품으로 취급합니다. 그러니 우리 역시 상품으로 데리고 와야 안전합니다. 우리가 인질을 구출하려 하는 것으로 보이면 그쪽은 돌변할 겁니다."

"끄응……."

누구도 부정하지 못했다.

"제가 갑니다."

노형진은 확실하게 못을 박았고, 듣고 있던 송정한은 눈을 질끈 감을 수밖에 없었다.

"불안하지 않습니까?"

노형진과 함께 움직이는 사람은 윤창광이라는 경호원이었다. 우관중의 사람이자 믿을 만한 사람이기도 했다.

"불안하지 않다면 거짓말이지요."

거래 장소로 가는 두 사람.

터키로 오자마자 그들은 방을 잡고 현장으로 이동했다. 오래 끌어 봐야 좋을 게 없기 때문이다.

"후우, 이걸 가지고 가기는 하는데……."

윤창광 역시 불안한 듯 품 안을 만지작거렸다.

그 안에서 만져지는 차디찬 느낌. 이곳에서 급하게 구한 권총이었다.

남상진은 만일에 대한 선물 겸 거래에 대한 보너스라면서 꼴랑 권총 하나 준 것이다.

"의미가 없을 겁니다."

"그런가요?"

"솔직히 그걸 꺼내는 순간 우리는 죽은 목숨이라고 봐야 합니다."

"헐."

"저쪽은 소총일 게 뻔하고, 조준하고 있을 테니까요."

"그렇기는 하네요."

의미가 없는 일이기는 하지만 그래도 믿을 만한 것은 그것뿐이기 때문에 그로서는 그나마라도 들고 올 수밖에 없었다.

'뭐, 그게 있다고 해도 달라지는 게 있을까?'

사실 저걸로 자신을 지킬 수는 없다.

단순히 상대방이 소지하고 있을 소총이 문제가 아니다.

윤창광이 뛰어난 사람일지는 모르지만 대한민국은 총기불법 국가다. 그건 당연히 경호원도 마찬가지다.

그러니 평소에 들고 다녀 봐야 가스총일 것이다.

물론 권총 사격장에서 연습은 할 수 있겠지만 평소에 들고 다니지 않으니 감각이 무뎌질 수밖에 없다.

하물며 손에 익은 것도 아니고 처음 잡은 총이다. 사격장에서 연습하던 모델이 아닐 수도 있다.

당연히 감각 자체가 다르다.

'그걸로 쏴서 맞으면 기적이지.'

권총이 쏘는 족족 맞는 것은 영화에서나 가능한 일이다. 제대로 안 맞으니까 잘 안 쓰는 것이다.

"절대로 그걸 꺼내지 마세요."

"네."

노형진은 차를 끌고 현장에 도착했다. 그리고 천천히 차에서 내렸다.

"시작합시다."

노형진은 넓은 공터로 나가서 가방을 내려 두고는 두 손을 번쩍 들었다.

그리고 한 바퀴 빙글 돌고 소리를 질렀다.

"물건 받으러 왔습니다!"

뒤에 있는 윤창광은 잔뜩 긴장한 얼굴로 사방을 두리번거렸다.

노형진의 목소리가 만들어 낸 메아리가 미처 사라지기도 전에 한 무리의 사람들이 덤불 속에서 나타났다.

'역시나.'

그에게 조준된 두 정의 AK 소총. 그들은 조준을 풀지 않고 걸어 나왔다.

'보이는 것은 두 개라……'

저들도 바보가 아니니 다른 곳에 숨어서 그를 노리고 있는 녀석들도 있을 것이다.

보이는 것은 말 그대로 위협용.

노형진은 침을 꿀꺽 삼키면서 천천히 그들에게 다가갔다.

"물건을 받으러 왔다."

"돈은?"

"여기 미국 달러로 준비했다."

그들은 히죽 웃으면서 뒤에 손짓했다.

그러자 뒤에서 두 사람이 검은 두건을 뒤집어쓴 여자를 강제로 끌고 나왔다.

두건 사이로 흘러나온 검은 머리가 그녀가 동양계라는 것을 증명하고 있었다.

"아가씨!"

앞으로 튀어 나가려고 하는 윤창광.

그러자 철컥하고 당겨지는 소총들.

'아, 진짜 가만히 좀 있으라니까.'

대놓고 가족이 보냈다고 표시하는 그의 행동에 노형진은 순간 얼굴을 찌푸렸다.

그나마 다행인 것은 저들이 그딴 것에 신경 쓰지 않는다는 것이다. 그저 돈만 되면 상관없다는 태도.

"접근하지 마요, 죽기 싫으면."

그쪽으로 튀어가려고 하던 윤창광은 순간 멈춰서 노형진을 바라보았다. 그리고 자신을 노리고 있는 소총을 느낀 건지 침을 꿀꺽 삼키면서 뒤로 물러났다.

"가만히 있어요, 내가 알아서 할 테니."

그를 말리면서 노형진은 천천히 앞으로 나갔다. 그리고 천천히 가방을 들어서 그들에게 보여 줬다.

"돈이 여기 있다. 지금부터 열어서 확인시켜 주겠다."

그렇게 말하면서 천천히 가방을 여는 노형진.

눈앞에 돈이 보이자 냉각되었던 분위기는 한결 사그라들었다.

"거래는 거래니까."

히죽 웃으면서 앞으로 나오는 남자.

"가운데에서 바꾸자."

"알았다."

천천히 가운데로 가는 노형진.

그런데 문득 뭔가 이상하다는 느낌이 들었다.

'뭐지?'

강제로 끌려오고 있는 여자는 공포에 떨고 있다. 그건 부정할 수 없는 사실이다.

그런데 뭔가가 노형진의 신경을 건드리고 있었다.

"잠깐."

노형진은 뭔가 틀어지고 있다는 사실에, 걸음을 멈췄다.

"왜 그러나?"

"얼굴."

"뭐?"

"얼굴을 확인해 달라."

한국인이 맞는 것 같기는 하지만 본인인지 확인하지 못한 상황.

생각이 거기까지 미치자 노형진은 등골이 오싹했다.

그러자 여자의 팔짱을 끼고 있던 남자는 히죽 웃었다.

"원한다면."

잡고 있는 반대쪽 손으로 두건을 벗기는 남자.

그녀의 얼굴을 확인한 노형진의 입에서 욕이 절로 나왔다.

'이런 씨발.'

그 안에서 드러난 공포에 찌든 낯선 얼굴.

자신이 아는 얼굴이 아니다. 즉, 우소담이 아니라는 소리였다.

"우리가 주문한 상품이 아닌데?"

"아, 그거? 팔렸어. 그래서 가장 비슷한 걸로 가지고 왔다."

"이러면 곤란한데?"

"왜? 어차피 벗기면 그게 그거 아냐? 싫어?"

히죽거리면서 빈정대는 남자.

노형진은 속에서 열불이 났다.

'이런 망할 새끼.'

저들은 가족이 사려고 왔다는 것을 안 것이다. 그래서 엿을 먹이기 위해 다른 사람을 데리고 온 것이다.

"그래서 거래 안 할 거야?"

남자의 말에 갑자기 분위기가 싸늘해지더니 총구들이 노형진과 윤창광을 조준했다.

윤창광도 상황을 알아차리고 권총에 손을 뻗을까 했지만 이 상황에서는 품 안에 손을 넣기도 전에 죽을 거라는 것을 알아차렸다. 그러니 어쩔 수가 없었다.

"큭……."

노형진은 그걸 보고 이를 악물었다. 이 상황에서 벗어나는 것은 하나뿐이다.

"천만에. 거래는 계속해야지. 너희들 말대로 여자는 벗기면 그만이니까. 스타일도 비슷한 것 같고."

"그래. 거래. 좋다. 계속한다."

천천히 가방을 가지고 접근하는 노형진.

그리고 여자에게 다시 두건을 씌우고 끌고 오는 녀석.

가운데에서 맞교환한 그들은 다시 수풀 속으로 사라졌다.

"다음 거래도 기대하지. 으하하하!"

그들의 비웃음을 들으면서 노형진은 이를 악물 수밖에 없었다.

"어떻게 된 겁니까?"

그들이 사라지자 황급하게 다가온 윤창광. 노형진은 그런 그를 보고 한숨을 쉬었다.

"내가 그러니까 손님으로 접근해야 한다고 했건만."

"네?"

"우리가 가족인 걸 알았습니다."

"그런데 왜 엉뚱한 사람을 데리고 온 겁니까!"

가족이라고 하면 당연히 그 사람을 데려와야 정상 아닌가? 그런데 엉뚱한 사람이라니.

"가족이니까요."

"그게 무슨 말이냐고요!"

"제대로 된 사람이 나올 때까지 우리가 계속 구입할 수밖에 없다는 걸 안 겁니다. 아마도 우소담 씨의 집안에 재산이 있다는 사실을 알아차렸겠지요."

"큭."

"일이 제대로 틀어졌습니다."

노형진은 새파랗게 질린 얼굴로 중얼거렸다.

⚖️

구입, 아니 구출된 여자는 풀려나자마자 후다닥 방구석으로 도망갔다.

그들이 감시하고 있을지 몰라서 그곳에서 풀어 주지 못하고 안전한 곳에 와서 풀어 줘야 했던 것이다.

"잘못했어요! 잘못했어요!"

무조건 구석에서 숨어서 두 손으로 싹싹 비는 여자를 보면서 노형진은 안타까움에 속이 바짝바짝 타들어 갔다.

"다시는 안 그럴게요……. 제발 때리지 마세요."

"자, 자, 진정하세요. 우리는 한국인입니다."

"네?"

"한국인이에요. 당신을 구하러 왔습니다. 여기 여권 보이죠?"

여자는 멍한 얼굴이 되었다.

잔뜩 공포에 질려서 인식하지 못했는데 그러고 보니 두 사람 다 동양인이고 한국어를 쓰며 한국 여권을 가지고 있었다.

"하, 한국인……."

"진정하세요. 집에 보내 드릴 겁니다."

"흑흑."

여자는 무너지듯 노형진의 품에 기대서 울기 시작했다.

노형진은 그녀를 말리지 않았다.

납치된 후 어떤 경험을 했을지 예상이 간다.

그 상황에서 갑자기 강제로 끌려 나와서 팔려 왔으니 사람이 당황하지 않으면 그게 이상한 것이다.

"진정하세요. 우리가 도와드릴게요."

"흑흑흑."

그렇게 그녀가 진정하기를 기다리길 몇 시간.

그동안 그녀는 울다 지쳐서 몇 번이고 기절했다가 깨어나기를 반복했다.

"빨리 취조해야 하는 것 아닙니까?"

마냥 기다리는 모습에 윤창광이 불만으로 가득한 얼굴이 되었지만 노형진은 그런 그를 차갑게 바라보았다.

"취조한다고 뭐가 나올 것 같습니까? 그 녀석들이 이 여자한테 자기 아지트로 가는 길이라도 친절하게 설명해 줬을 것 같아요?"

"아…… 그러네요."

"그리고 엄밀하게 말해서 우리가 그녀에게 도움을 청해야 하는 처지입니다. 그 점을 확실하게 알아 두세요."

기절한 그녀를 침대로 눕힌 노형진은 조용히 방에서 나왔다.

"이제 뒷수습을 해야 할 차례군요."

노형진은 앞일을 생각하고는 머리가 지끈거렸다.

⚖️

"뭐라고 합니까?"

노형진은 영상통화를 하면서 송정한에게 물었다.

송정한은 극도로 어두운 얼굴로 대답했다.

－뭐라고 하긴, 길길이 날뛰는 상황이지. 이게 다 우리 책임이라고 하네.

"웃기는군요. 자기들이 자초하고서는 말입니다."

노형진은 이렇게 될 게 뻔하기 때문에 가족으로서 접근해서는 안 된다고 몇 번이나 이야기했다.

그러나 상대방은 그러지 못했다. 결국 경호원을 보냈다.

물론 그것까지는 문제가 안 된다.

이런 일을 하러 갈 때 경호원을 동행하는 것은 흔한 일이고 또 여자는 이미 데리고 온 후였으니까.

'그러니까 내가 절대로 비밀로 하라고 했건만.'

이 멍청한 가족들이 협조를 구한답시고 외교부에 도움을 요청했다. 대법관이라는 힘을 이용해서 뭐라도 해 보려고 한 것이다.

그런데 그게 악수가 되었다.

외교부는 당연히 현지 경찰에 도움을 요청했고, 그건 상대방 조직에 그대로 흘러들어 갔다.

당연하게도 현지 경찰은 현장에 나타나지도 않았다. 아마도 그들과 한패인 누군가가 차단했을 것이다.

보통 이런 일은 경찰 상부가 엮여 있지 않으면 이루어질 수 없으니까.

"이 멍청한 가족들 때문에 다 망했습니다. 이미 가족인 걸 알아차렸으니 그냥은 안 줄 겁니다."

─그럼 어쩌겠나?

"그들이 줄 때까지 계속 구입하는 수밖에 없지요."

─그건 무리야.

"압니다. 솔직히 저들은 절대 안 줄 겁니다."

쥐고 있으면 계속 팔아먹을 수 있는 마법의 카드가 있는데 누가 주려고 하겠는가?

─일단 설명해야겠지만, 당장 우리보고 손 떼라고 하더군.

"소용없을 겁니다. 그들은 지금 자신들의 잘못을 인정하려는 게 아니라 책임질 사람을 찾고 있는 거니까요."

노형진은 우울하게 말했다.

─그럼 어쩔 건가?

"손 떼야지요."

─뭐? 지금 이 상황에서 말인가?

"어차피 지금 일은 제대로 그르쳤습니다. 현재 우리가 할 수 있는 건 없습니다. 저들은 다른 방법을 찾으려고 하겠지만……."

방법이 있을 리 없다.

"지금 상황에서는 저들을 설득할 수 없습니다. 도리어 화만 돋울 뿐이지요. 그러면 차라리 일단 손을 떼고, 우리가 아니면 일을 해결하지 못한다는 것을 확실하게 각인시켜야 합니다."

노형진은 마음을 독하게 먹으면서 말했다.

⚖️

한국으로 복귀했을 때 노형진을 기다리는 것은 엄청난 모욕과 분노뿐이었다. 하지만 노형진은 그에 대꾸하지 않고 묵묵히 감내했다.

도리어 보다 못한 김성식이 화를 낼 정도였다.

"아니, 자기들이 쓸데없는 짓을 해서 일을 망쳤으면서 왜 우리한테 화를 내는 거야?"

"저들은 자신의 잘못이라는 걸 인정할 수 없어서 저러는 겁니다."

"인정하고 자시고의 문제가 아니지 않은가?"

그들이 외교부를 통해 엉뚱한 정보만 흘리지 않았다면 거래대로 우소담이 나왔을 것이다.

하지만 가족이 찾으러 간다는 정보를 흘린 것은 본인들이다.

"그래서 우리가 물러난 겁니다."

"그래도 화를 내면 안 되지. 더군다나 자기들이 돈을 낸 것도 아니고."

자기 딸도 아닌데 돈을 낼 수는 없다고 얼마나 화를 내던지, 결국 그 돈을 노형진이 낼 수밖에 없었다.

원래는 구출된 집안에서 내야 하지만 그 집안은 그 정도 여력이 없는 집이었다. 심지어 딸이 사라진 걸 알고서도 신고 말고는 아무것도 하지 못했다.

'기가 막히는군, 진짜.'

노형진은 구출된 여자, 즉 나연수를 보면서 혀를 끌끌 찼다.

나연수는 외교부에서 제출한 실종자 명단에 없는 여자였다. 이게 무슨 말이냐면, 외교부에서 인식하지 못하고 있는 실종자는 더 많다는 뜻이었다.

"나연수 씨 말로는 여자들이 한두 명이 아니라고 하니……."

나연수가 명단에 없는 이유는 간단하다.

그녀에 대한 실종 신고는 한국에서 접수된 것이다. 그런데 그게 외교부로 가지 않았다.

경찰은 해외 실종이라고, 대책이 없다고 손을 놔 버렸고 말이다.

외교부는 명단에 없다고 방치하면서 현지에서 실종 접수 신고된 사람들만 취급했다.

즉, 외교부에서 제출한 이름들은 일행이 있거나 해서 현지에서 신고가 접수된 사람들이라는 것이다.

"혼자 여행하는 사람도 있을 테고, 여자들은 남자를 끼지 않고 자기들끼리 여행하는 경우도 많으니 얼마나 더 많은 실종자가 있는 건지……."

주먹을 꽉 쥐면서 분노하는 김성식.

내부에서는 몰랐는데 외부에 나와 보니 무능이 극에 달한 정도였다.

"여자들만 있는 팀을 노렸을까요?"

"뭐라고?"

"그들은 소총으로 무장한 녀석들이었습니다. 그에 반해 관광객 남자들은 뭐가 있지요? 권총? 칼?"

손채림은 절로 얼굴을 찡그러뜨렸다.

"설마 남자가 있어도 노린다는 거야?"

"그래, 사실 어떤 면에서는 그게 더 나을 수도 있지."

"뭐?"

"남자를 총으로 쏴 죽여 버리는데 여자가 저항할 수나 있겠어?"

"끄응……."

맞는 말이다. 진짜로 사람이 눈앞에서 죽는데 저항을 선택하는 사람은 극히 드물다.

"어차피 저들은 우리를 다시 찾을 수밖에 없습니다. 애초에 우소담을 찾은 것도, 거래를 튼 것도 우리입니다. 다른 사람을 찾을 수 없어서 우리를 찾아왔고 실적을 보여 줬지요."

"그렇지만 우리를 내쳤잖나?"

"그러니까요. 문제는, 그들이 다른 사람을 고용한다고 해도 빠른 시일 내에 그들을 찾을 수는 없을 거라는 겁니다."

연락할 라인을 가지고 있는 것도, 그들이 아는 것도 자신들뿐이다. 자신들이 입도 뻥긋 안 하면 그들은 처음부터 시작해야 한다.

"결국 숙이고 들어오겠군."

"그렇겠지요."

"그러면 또 사러 갈 건가?"

노형진은 고개를 흔들었다.

"이미 가족이 끼어든 걸 알았습니다. 그리고 가족이 부자인 것도 알았지요. 전에도 말했다시피 계속 뜯어먹을 생각으로 본인을 주지는 않을 겁니다."

"큭."

노형진의 말에 사람들은 입을 다물었다.

"그러면 어쩌자는 건가?"

"이럴 때는 어쩔 수 없습니다. 무력 충돌을 이용해야지요."

"뭐라고?"

노형진의 말에 다들 눈이 격하게 흔들렸다.

그럴 수밖에 없는 게, 무력 충돌을 가장 격하게 반대한 것이 노형진이었기 때문이다. 그런데 무력이라니.

"그때는 방법이 있었습니다. 하지만 지금은 방법이 없지요."

"음……."

맞는 말이다.

노형진의 예상대로라면 절대로 우소담을 주지는 않을 것
이다.

"그리고 말입니다, 우소담을 구한다고 해서 끝이 아닙니다."

"끝이 아니다?"

"네, 나연수 씨 말로는 그곳에 못해도 열 명의 한국인이
있다고 했습니다."

"……."

우소담만 구출하게 되면 남은 사람들의 인도적 문제가 남
는다. 그들 또한 성 노예로 팔려 나갈 게 뻔하기 때문이다.

"이렇게 팔려 간 사람들은 그 끝은 뻔합니다. 절대 그냥
둬서는 안 됩니다."

"뻔하다니? 무슨 소리인가?"

"이렇게 노예시장이 활성화되어 있는데 왜 지금까지 신고
가 없었을까요?"

"응?"

그러고 보니 이상했다. 누군가 한 명쯤 탈출해서 신고했을
수도 있다.

설사 아니라고 해도, 나이 먹어서 성적인 매력이 떨어지면
다시 팔아 버리거나 다른 방식을 쓰기 마련이다. 그리고 그
렇게 팔려 나온 사람에게서 무슨 소리든 나오기 마련이다.

"그런데 한 번도 이런 일이 없다는 건?"

"오래는 못 산다는 뜻이지요."

노형진은 눈을 찡그렸다.

더 이상 가치가 없는 도구는 버려진다. 그리고 이런 거래를 하는 놈들에게 사람은 그저 도구일 뿐.

"끄응…… 하지만 말이야, 우리가 무슨 수로 구출한단 말인가? 일단 어디에 있는지도 모르는데."

"나연수 씨가 알지도 모르지요."

"글쎄."

노형진의 말에 김성식은 부정적인 얼굴이 되었다.

그럴 수밖에 없는 게, 그녀는 바깥으로 나올 때는 언제나 두건을 썼다고 했다. 그런 그녀가 낯선 곳에서 위치를 추적한다는 것은 말도 안 된다.

"아니면 다른 루트를 찾을 수 있을지도요."

"다른 루트?"

김성식은 고개를 갸웃했지만 송정한은 노형진의 말에 바로 알아차렸다.

자신만 아는 노형진의 비밀.

"일단 그 부분에 대해서는 노 변호사에게 일임하세. 그는 뛰어난 사람이 아닌가?"

"그거야 그렇지만……."

김성식은 송정한이 그렇게 말하자 일단 수긍했다.

하지만 여전히 문제가 없는 것은 아니었다.

"그런데 문제는, 그곳을 알아도 해결할 방법이 없다는 거야. 자네도 알다시피 그곳에 들어가려면 특공대를 동원해야 하는데 우리나라에서 특공대를 동원하려고 하면 그쪽에서 알아차릴 걸세."

가족이 들어가는 것조차도 알아차리고 속임수를 쓴 그들이다.

그런 그들에게 대한민국에서 군대를 보낸다고 하면, 모르리 없다.

"군대를 보내지 않으면 됩니다."

"뭐라고?"

"적당한 곳을 알고 있습니다. 국적 문제도 상관없고요."

"그게 무슨 말인가?"

"다만 돈이 문제입니다. 싸지는 않을 겁니다."

"그거야 당연히……."

"일단은 실종자들의 가족들을 모으는 게 좋다고 생각합니다."

그들이라면 자신의 자녀를 구하기 위해 기꺼이 돈을 낼 것이다.

"하지만 어떻게?"

"우리는 누가 실종되었는지 알고 있지 않습니까?"

노형진은 쓸쓸하게 말했다.

"……."

자신의 가족이 노예로 잡혀 있다는 사실은 가족에게 엄청난 충격으로 다가올 수밖에 없다.

가뜩이나 실종되어서 속이 바짝바짝 타들어 가고 있는데 그 와중에 노예라니.

"아니…… 도대체 왜 이런 일이 생긴 겁니까! 왜! 왜!"

분노하는 사람들.

노형진은 그걸 보면서 혀를 끌끌 찼다.

'기가 막힌 노릇이지.'

저들이 부자라서 자녀들이 납치된 게 아니다. 도리어 그 반대다.

경기가 안 좋아지고 취업을 위해 요구되는 스펙이 과도하게 높아지면서 요즘은 해외 연수나 배낭여행 같은 것도 스펙으로 인정받는다.

당연히 그 스펙을 채우기 위해 가난한 사람들은 울며 겨자 먹기로 배낭여행을 갈 수밖에 없다.

물론 부자도 배낭여행을 하긴 한다, 안전한 곳에서.

하지만 가난한 사람들은 어쩔 수 없이 위험한 곳을 돌면서 경험을 채워야 한다. 그래야 자신의 스펙이 튀어 보이니까.

"여러분이 화가 나는 것은 이해합니다. 하지만 그렇다고 해서 지금 상황에서 마냥 화만 낼 수는 없습니다. 나연수 씨 말로는 그곳에 여러분들의 자녀가 있지만 언제 팔릴지 모른다고 했습니다. 당장 나연수 씨도 일이 꼬이면서 팔려 온 처지입니다. 운이 좋아서 저희가 구출하는 데 성공했습니다만, 다른 곳에 팔리면 어디 있는지 찾는 것조차 불가능할지도 모릅니다."

"크흑……."

"영주야!"

"아이고, 내 딸아!"

대성통곡을 하는 가족들.

노형진은 그들을 다그치지 않았다. 지금 상황에서 무슨 말을 한들 그들이 이해할 수 있겠는가?

결국 한참이 지나고 나서야 그들과 대화할 수 있었다.

"다들 진정하신 듯하니 바로 이야기를 시작하지요. 현재 그들을 구출할 방법은 없습니다. 우리나라에서 군대를 보내면 그들은 알아차립니다."

"그럼 어쩌라고요! 돈을 주고 사 오란 말입니까!"

"그럴 수 있다면 내 어떻게 해서든 돈을 구해 오리다. 그러니 제발 내 딸 좀 구해 주시오!"

"내 아들! 내 아들도 구해 주시오! 내 전 재산을 드리겠소. 원하면 평생 번 돈을 다 내놓으라고 해도 줄 테니 제발!"

노형진에게 무릎을 꿇고 싹싹 비는 사람들.

나라가 버린 그들에게 믿을 만한 것은 노형진뿐이었다.

"일단 그들의 아지트를 찾는 과정은 계속되고 있습니다. 하지만 사 오는 건 무리입니다."

"뭐라고?"

"누가 멍청한 짓을 했거든요."

우관중의 집안에서 멍청한 짓을 하는 바람에 이들이 아이들을 사 오는 것은 물 건너간 셈이다.

만일 이들이 사려고 하면 매번 엉뚱한 사람이 나올 것이다. 그나마 한국인을 끌고 와 주면 그나마 다행인데, 엉뚱한 다른 나라의 사람을 줄 수도 있다는 것이다.

'지난번에도 그랬지만 거절이라는 것이 용납될 분위기가 아니니까.'

그렇게 되면 자신들은 죽고 인질은 다시 끌려가며 돈도 그들이 가지고 갈 것이다.

'멍청하긴.'

결국 우관중의 집안 때문에 다른 가족들조차도 자녀를 구할 기회를 박탈당한 셈이다.

사실 용병을 쓰는 것보다는 돈을 주고 데리고 오는 게 훨씬 싸게 먹히니까.

"일단 우리가 구입해서 데리고 오는 것은 불가능하다고 보시면 됩니다. 결국 무력으로 데리고 오는 수밖에요. 문제는 군대는 안 된다는 것입니다. 그들과 싸우기 위해서는 무력이 필요한데, 아까도 말했다시피 우리나라에서 군대를 투입하는 순간 그 녀석들은 알 수밖에 없습니다. 선이 위에까지 닿아 있으니까요. 그러니 군대는 안 됩니다."

"그러면 내가 가겠소!"

"나도 가겠소!"

벌떡 일어나는 사람들.

"뭐, 좋은 생각이기는 합니다만……."

대한민국의 모든 남자들은 병역의 의무를 마쳤다. 그러니 군사적 작전을 실행할 수 있는 기본적인 능력은 모두 가지고 있다.

'문제는 기본이라는 거지.'

총을 쏘고 교전을 할 수는 있지만 구출 작전을 할 정도로 뛰어난 능력을 가지고 있지는 않다.

퇴역 군인 한 명이 테러 집단을 일망타진하는 것은 영화에서나 나오는 일이다.

"여러분은 가 봐야 도움이 안 됩니다. 도리어 희생자만 만들어 낼 뿐입니다."

"그러면 어쩌라고!"

"우리 아이들을 그냥 버리라는 말이오!"

"아닙니다. 돈이 필요합니다."

"돈?"

"돈이라고? 아까는 사 오는 게 불가능하다고 하지 않았소?"

"네, 사 오는 건 불가능하지요. 하지만 돈으로 무력을 사는 건 가능합니다."

"가능하다?"

"네, 미국에는 민간 군사 기업이 있으니까요."

"민간 군사 기업?"

"현대적인 개념의 용병입니다. 아, 여러분이 생각하는 그런 용병하고는 좀 다릅니다. 좀 더 구체화되고 체계적이죠. 용병단이라고 해야 할까요? 블랙스카이라는 곳이 있습니다."

블랙스카이. 미국 내에 있는 민간 군사 기업.

공식적으로는 전장 지역에서의 경호 업무를 담당한다. 하지만 그건 공식적인 부분에 한해서다.

'비공식적으로는 말 그대로 용병이지.'

그들은 국가에서 인정하지 않는 군사작전을 한다.

암살, 폭파, 또는 일부 지역에 대한 소탕.

그중에는 인질 구출도 있다.

'그쪽도 좋은 건 아니지만.'

그들은 돈만으로 움직인다.

좋게 말하면 용병이지만, 나쁘게 말하면 돈에 영혼을 판 집단이다.

"그들의 실력은 인정할 만합니다."

"뭘 믿고?"

"입단 자체가 무척이나 힘들거든요."

들어가고 싶다고 해서 아무나 들어갈 수 있는 곳이 아니다. 철저하게 실력이 검증된 자들만이 들어갈 수 있고, 들어가더라도 단순 경비 업무부터 하면서 실력을 쌓아야 한다.

"군에서 제대했지만 우리나라 예비역 같은 존재가 아닙니다. 그들은 네이비 실, 코만도, 외인부대 등등 전 세계 부대 중에서 최고인 곳에서 요원을 스카우트해 옵니다. 당연히 그 기본 조건은 실전 경험입니다."

"실전 경험……."

"네. 그들은 공식적으로 민간인입니다."

즉, 그들이 움직인다고 해도 국가에 보고할 이유가 없다는 것이다.

그들은 그런 식으로 움직여서 조용히 구출 작전을 한다.

"물론 그만큼 그들의 가격은 비쌉니다."

"하지만……."

다들 고개를 푹 숙였다.

그렇게 비싼 조직이라면 자신들이 돈을 모은다고 해도 살 수 있을지 확실하지 않기 때문이다.

"걱정 마세요. 여러분이 한다고 하면 다른 곳에서 그 돈을 내줄 테니까요."

⚖

"이제는 전쟁까지 하라는 건가?"

유민택은 기가 막히다는 얼굴로 말했다.

"전쟁이 아니라 구출이지요."

"그게 그거 아닌가?"

"좀 다릅니다."

"하여간 우리보고 사람들을 구하라는 건데, 그게 말이나 된단 말인가?"

"상생의 의지는 잊으신 겁니까?"

"아닐세. 자네 덕분에 그게 얼마나 중요한지는 잘 알지. 하지만 군사 집단을 고용하는 건 전혀 다른 문제란 말일세. 우리는 기업이지, 군대가 아니야. 우리가 군사 조직을 운영 한다고 하면 무슨 일이 벌어질지 아나?"

아마도 좋은 소리는 듣지 못할 것이다.

어쩌면 위협을 느낀 다른 기업들이 너도나도 군사 기업을 운영할지도 모른다. 재수 없으면 음지에서 각 대기업들이 전 쟁을 불사할 수도 있게 된다.

"걱정하지 마세요. 그런 일은 안 벌어집니다."

"응?"

"공식적으로 돈을 지원하라는 게 아닙니다. 비공식적으로 라는 거죠."

"설사 비공식이라고 해도 말이야, 주주들이 좋아하겠느냐고."

"그 대신에 현 정부의 절대적 지지를 얻을 수 있다면 어떨 까요?"

"뭐라고?"

"솔직히 군사 기업에 많이 준다고 해도 대룡에 부담이 되는 돈은 아닐 겁니다. 하지만 그걸 투자하는 대신에 현 정부에서 절대적으로 대룡을 지지해 준다면요?"

"음……."

유민택은 침을 꿀꺽 삼켰다.

안 그래도 성화의 남은 세력이 짜증 나는 중이었다. 어떻게 한 건지 모르지만 정부에서 은근히 그들의 편을 들어 주고 있기 때문이다.

뭐, 사실 왜 그런지는 뻔하기는 하지만 말이다.

"생각하시는 그런 일은 절대 없을 겁니다. 도리어 정부의 지지를 받아서 제대로 성장할 수 있을 겁니다."

"무슨 수로?"

"잠시 귀 좀."

노형진은 유민택의 귀에 대고 뭐라고 소곤거리기 시작했다.

한참 얘기를 듣고 있던 유민택은 입을 쩍 벌렸다.

"자네…… 뱃속에는 능구렁이가 족히 백 마리는 들어 있구먼."

"보통이죠, 후후후."

"보통? 보통은커녕 자네가 제갈량의 환생이 아닌가 싶네."

"전 저의 환생인데요?"

"뭔 소리야?"

"그런 게 있습니다."

"흠……."

유민택은 잠깐 침묵을 지켰다.

확실히 자신에게는 막대한 이득이 될 만한 일이다.

들어가는 돈도 그 이득에 비해 많은 건 아니다. 대략 2억
정도.

하지만 정부의 지원은 고작 2억으로 얻을 수 있는 게 아니다.

만일 노형진의 말대로 된다고 하면 정부의 전폭적인 지원을
얻을 수 있는데, 그렇게 되면 그 값어치는 2천억 이상이다.

"그 정도는 비자금에서 융통할 수 있을 걸세."

"그러면 부탁드립니다."

"알겠네. 끄응…… 자네 덕분에 내가 별일을 다 해 보는군."

"인생은 오래 살고 볼 일이죠."

"내 말이."

노형진은 원래 역사에서는 이미 죽었을 유민택을 빗대어
한 말이었지만 그 뜻을 모르는 유민택은 그저 별일이라고 어
깨를 으쓱할 뿐이었다.

구출 작전

블랙스카이.

미국의 민간 군사 기업. 공식 업무는 전장에서의 경호.

그러나 비공식적으로는 구출 작전도 실행하는데, 거기에는 상당한 돈이 들어간다.

"쉬운 일은 아닙니다만."

히죽 웃는 블랙스카이의 대표 로스.

그는 전쟁터에서 구른 티가 팍팍 나는 구릿빛의 피부를 가진 남자였다.

"그렇다고 어려운 일도 아니지요."

노형진은 그를 보면서 말했다.

"무슨 테러 조직도 아니고 납치범들 집단이면 그다지 힘들지는 않을 텐데요?"

"그건 그렇지요."

여러 테러 조직들은 자체 군사 캠프를 운영하면서 훈련시킨다. 그에 반해 이런 조직들은 그냥 총 좀 쏠 줄 아는 민간인에 가깝다.

"문제는 장소죠. 우리가 그들이 어디 있는지 알지 못하면 작전도 못 하니까요. 그곳을 찾는다고 수색하다가 걸리면 의미가 없지 않습니까?"

"미국 정부의 도움은 무리인가요?"

"일단 개인 사건에 대해서는 미국 정부는 거리를 둡니다. 공식적으로 말이지요. 비공식적이라고 해도, 그 녀석들 기지가 그렇게 잘 드러나면 미군이 그냥 뒀겠습니까?"

"하긴."

미국도 이런 납치 사건 때문에 골머리를 싸매고 있는 국가 중 하나다.

그럼에도 불구하고 그들을 소탕하지 못하는 것은 그들의 아지트가 정글이나 숲속에 철저하게 은폐되어 있기 때문이다.

"그 부분은 알아낼 방법이 있습니다."

"그래요?"

로스는 미심쩍은 얼굴이 되었다.

천하의 미국도 알아내지 못하는 곳에 대해 알아낼 수 있다니.

"다만 그곳에 가기 위해서는 저도 함께 가야 합니다."

"뭐라고요? 그건 안 될 말입니다."

노형진의 말에 로스는 깜짝 놀랐다. 위험천만한 군사작전
에 민간인이라니?

"저도 총 쏠 줄 압니다. 군필이에요."

"말장난하지 맙시다. 내가 군대라고는 안 가 본 멍청이인
줄 압니까? 한국군의 수준은 내가 가장 잘 압니다. 그 긴 군
생활 동안 헬기 레펠도 제대로 해 보지도 못하는 그런 실력
으로 뭘 어쩌려고요?"

노형진은 입맛을 다셨다.

사실 회귀 전에 한국에서 병장을 달고 나와서 만난 미국인
이 깜짝 놀랐다.

그럴 수밖에 없는 게, 미국은 직업군인이기 때문에 승진의
개념이 있어서 병장이 되기 위해서는 실전 경험도 겪어야 하
기 때문이다.

'한국이야 시간이 지나면 준다지만.'

그래서 다들 병장 출신이라고 하면 신기하다는 듯 봤는데
역시나 군사 전문가라 안 속는 모양이다.

"그냥 설명해 주세요."

"그렇다고 해도 제가 설명할 수 있는 방법이 없습니다."

"그게 말이 됩니까?"

"정글을 어떻게 설명합니까?"

"끄응……."

로스는 부정도 하지 못하고 입을 다물었다.

수많은 군사작전을 했지만 가장 지랄맞은 곳을 꼽으라면 단연 정글이다.

그곳이 그곳 같은 데다가, 함정 설치도 쉽고 숨어 있을 곳도 많다. 그래서 한 걸음 한 걸음이 살얼음판 위를 걷는 기분이다.

"만일 작전지역을 설명할 때 말로 설명하라고 하면 할 수 있습니까?"

"위도와 경도로……."

"제가 아는 건 위도와 경도가 아니라 나무의 형태에 따른 흔적입니다."

"크윽……."

그러면 진짜 답이 없다.

사진도 아니고, 말로 설명할 수는 없는 요소다.

"거기서 무슨 일이 벌어져도 난 모릅니다."

"책임은 안 물을 테니 걱정하지 마세요."

"후우."

로스는 잠깐 고민했다.

확실히 돈은 되는 일이다. 하지만…….

'그냥 모른 척해야 했나?'

모든 주문이 들어온다고 다 받아들이는 건 아니다.

하지만 상대방은 그냥 만만한 일반인이 아니다.

어떻게 한 건지 모르지만 미국 정부에서 특별히 신경을 써 달라고 부탁한 사람이다.

국가에서도 비밀리에 여러 일을 의뢰받는 입장에서, 그런 일 안 한다고 넘어갈 수는 없었다.

'그리고 묘하게 우리에 대해 잘 안단 말이지?'

자신들은 철저하게 양지에서 활동하고 음지는 절대 드러나지 않았다. 그런데 노형진은 그 음지의 일에 대해 잘 알고 있었다.

"그리고 가능하면 메디슨의 팀을 부탁드려도 될까요?"

로스는 잔뜩 얼굴을 찡그러트렸다.

'이 새끼는 뭐야?'

메디슨은 자신의 기업에서도 최고로 실력이 좋은 자들이다. 그리고 철저하게 뒷세계에서 움직여서, 전면에 나설 일도 없다.

'결정적으로 그들은 살아 있는 자들이 아닌데?'

공식적으로 메디슨의 팀은 모두 죽은 것으로 되어 있다.

가족에게도 가짜 유해가 갔고, 심지어 보험사에서 보험료도 지급되었으며, 국가에서 위로금까지 나갔다. 당연히 누구도 그들에 대해 몰라야 한다.

'이쯤 되면 물러날 수가 없겠지.'

노형진이 메디슨에 대해 안 건 몇 년 후의 대폭로 사건 때였다.

그들에 의해 벌어진 민간인 학살 사건.

공식적으로는 그 주범이 바로 메디슨이었다. 그들이 그렇게 미친놈들은 아니라는 게 문제였지만.

'잔혹한 자이기는 하지만.'

그 당시 공개된 그들의 활약상은 분노한 자들조차도 입을 떡 벌릴 정도였다.

막말로 학살만 아니라면 나라를 몇 번이나 구했다고 해도 뭐라고 말하지 못할 정도로 그들의 활약은 대단했다.

"그리고 제가 알기로는 메디슨 팀에 한국인이 있을 텐데요, 외인부대 출신의?"

'얼씨구?'

심지어 팀 구성까지 알고 있자 로스는 인정할 수밖에 없었다, 노형진은 자신들에 대해 잘 안다는 사실을.

그런 사람을 상대로 쓸데없이 시간을 끌어 봐야 서로 좋을 것은 없었다.

"그렇지요."

"일단 대화는 통하겠지요."

"영어 잘하시지 않습니까?"

"일반적인 용어죠. 군사 용어는 알 리 없지 않습니까?"

노형진이 어깨를 으쓱하면서 말하자 로스는 노형진이 확실히 그곳에 가려고 한다는 것을 인정할 수밖에 없었다.

"좋습니다. 그쪽에서 그렇게까지 말하니 데리고 가지요.

하지만 가서 죽어도 우리는 모릅니다. 공식적으로 이건 없는 일이고, 그곳에서 죽으면 시신도 버려질 겁니다."

"이해하겠습니다."

"그러면 바로 계약서를 쓰지요."

노형진은 바로 계약서를 쓰기 시작했다.

그러나 속으로는 한숨만 늘어 가고 있었다.

"제발 부탁드립니다."

우관중은 읍소할 수밖에 없었다.

노형진에 의한 구출 작전 계획이 알려진 것이다.

"죄송합니다. 데리고 올 수 있는 여력이 있는지는……."

노형진은 모른 척하면서 발뺌을 했다.

"원하면 뭐든 해 주겠소!"

"그 말이 사실입니까?"

"원한다면 전 재산이라도 다 드리리다."

노형진은 미소를 지었다.

물론 그에게 돈을 받아도 된다. 하지만 그 돈이 무슨 의미가 있을까?

노형진은 그가 그렇게 매달릴 것을 알고 있었다.

아니, 그렇게 만든 것이 자신이었다.

‘실적이 있을 리 없지.’

그 어떤 정보도 없는 상황에서 자신들처럼 그들을 추적할 수 있는 사람은 없다. 결국 그들은 다시 돌아올 수밖에 없었다.

그런데 그 와중에 노형진이 구출 작전을 실행한다는 것이 알려진 것이다.

‘정확하게는 내가 그쪽 귀에 들어가게 만든 것이지만.’

치사하기는 하지만 그렇게 하지 않으면 저쪽은 고개를 숙이고 들어오지 않을 테니까.

“그러면 조건을 좀 달죠.”

“말만 하시오!”

“우관중 님이 퇴직 후 10년간 저희 로펌에서 변호사로 근무하셔야 합니다. 아, 그리고 취업 조건은 다른 사람들과 같습니다.”

“뭐라고요?”

우관중은 깜짝 놀랐다.

대법관이 대형 로펌에 가면 1년에 최소 20억 이상을 보장받을 수 있다. 그런데 자신보고 다른 변호사들과 같은 조건으로 새론에 오라니.

“싫으면 안 하시면 됩니다. 확실히 다른 곳에 가면 미래에는 많이 벌 수 있지요. 그러니 그 미래에 많이 벌 수 있는 돈으로 손녀를 구출하셔도 됩니다.”

“크흑…….”

우관중은 입을 다물었다.

만일 손녀를 구하지 못한다면 무슨 의미가 있단 말인가?

실제로 원래 역사에서 그는 식음을 전폐하고 시름시름 앓다가 죽었다.

제대로 된 변호사로서의 활동은 해 보지도 못했다.

손녀가 죽은 후 자책감에 아무것도 하지 못한 것이다. 납치된 이유가 자신 때문이라고 생각했으니까.

"하지만……."

"시간은 없습니다. 지금이라도 작전을 하지 않으면 팔려 갈지도 모릅니다."

"크흑……."

노형진의 말에 우관중은 고개를 푹 숙였다.

마음 같아서는 악마의 손이라도 잡고 싶은 심정이니까.

"하겠소."

그가 그렇게 말하자 노형진은 계약서를 내밀었다.

"자, 그러면 함께하시지요."

⚖️

"이거, 참……."

송정한은 곤란한 얼굴이 되었다.

대법관 출신이 들어올 예정이라는 것은 좋다. 대법관 전관의 파워는 어마어마하니까.

"하지만 반은 협박 아닌가?"

"반협박은 아닙니다."

"그럼?"

"협박이죠."

"자네, 변호사 맞아?"

"후후후."

협박이 맞다. 그러나 상관없다.

자신들의 승리를 위해서는 전관도 보충해야 한다.

"우리 로펌에서 가장 부족한 부분이 전관 파워입니다. 김성식 변호사님이 계시기는 하지만 일반적인 곳보다 훨씬 전관 파워가 약하지요."

"그건 그렇지."

그렇다 보니 생각지도 못한 경우가 생긴다.

시스템적으로 이길 수 있는 사건인데도 상대방이 대형 로펌인 경우 전관 파워에서 밀려서 패하는 경우가 종종 있었던 것이다.

"그렇지만 우관중 님이 들어오시면 아마 그럴 일은 없지요."

"대법관 출신 아닌가?"

일반적으로 전관은 그 기간이 있다.

부장검사나 부장판사 출신이라고 해도, 그 전관이 영원토록 계속되는 것은 아니다.

하지만 대법관은 아니다. 사실상 죽을 때까지 대우받는다.

"그러니 그런 부탁을 한 겁니다. 아마 손녀인 우소담 양을 구해 오면 별 불만은 없을 겁니다."

"그러면 좋겠는데……. 그래서 자네가 저쪽에서 달라붙을 때까지 기다린 건가?"

"네."

자신들이 구해 줄 수 있다고 매달려 봐야 그들은 우습게 볼 게 뻔하다.

아마도 그랬다면, 믿는다고 하더라도 돈 몇 푼으로 해결하려 했을 것이다.

"우리가 무슨 자선단체도 아니고, 가능하면 이득을 얻어야지요."

"그거야 그렇지만……."

노형진의 말을 부정할 수 없기 때문에 송정한은 입맛을 다셨다.

어떤 때에는 참 인본주의적인 사람인데, 또 어떤 때에는 참 자본주의적인 사람이기도 하다.

'종잡을 수가 없다니까.'

물론 노형진이 이러는 이유는 간단하다.

없는 자들, 가난한 자들은 돈이 없어서 보호받지 못하기에 챙겨 줘야 한다.

그러나 대법관이 돈을 못 번다? 지나가던 개가 웃을 일이다.

지금껏 몰래 받은 만큼 토해 내야 한다. 그러니 그런 자는 착취해도 된다.

"의뢰 문제는 그렇다고 치고, 도대체 어떻게 찾아내려고 하는 건가?"

이미 나연수에게 혹시나 그곳에 가는 길에 대해 아는지 물어봤다. 하지만 그녀는 고개를 흔들 뿐이었다.

자신은 납치될 때도 두건을 뒤집어썼고, 납치된 공간 바깥으로 나올 때는 언제나 두건을 뒤집어썼으며, 팔려 올 때도 두건을 썼다고 했다.

즉, 그녀가 본 것은 아무것도 없다는 것이다.

"압니다."

"그러면 어쩌려고?"

이미 김성식 변호사에게 말까지 해 두고 블랙스카이까지 고용해 둔 상황이다. 이제 와서 '나는 모릅니다.'라고 할 수 있는 상황이 아닌 것이다.

"방법이 있지요."

"방법?"

노형진은 가방에서 봉투 안에 밀봉된 옷과 두건을 꺼내 들었다.

"그건?"

"나연수 씨가 구출될 때 입고 있던 옷과 두건입니다."

"그걸 왜?"

"나연수 씨는 두건을 쓰고 움직였습니다. 앞이 보이지 않았지요. 그렇다면 어떻게 길을 찾았을까요?"

"그거야…… 아!"

송정한은 노형진이 왜 자신 있다고 한 건지 알아차렸다.

"기억을 읽을 셈이군."

"네."

앞이 보이지 않는 사람을 끌고 가려면 줄로 당기는 것으로는 무리가 있다. 왜냐하면, 포장도로는커녕 사방에 부러진 나무와 나뭇가지로 가득한 정글이 아닌가?

결국 가장 확실한 방법은 양쪽에서 팔짱을 끼고 강제로 끌고 가는 것뿐이다.

'그리고 그 부분은 확실히 해 뒀지.'

나연수의 말로는 갈 때도, 올 때도 두 사람이 양쪽에서 팔짱을 끼고 끌어당겼다고 했다.

"그걸 읽으면 됩니다."

"그렇겠군. 그러면 차라리 그걸 읽어서 그쪽에 알려 주는 게 어떤가?"

"애석하게도 사람이 길을 찾는 방식은 위성하고는 좀 달라서요."

"응?"

"사람은 길을 찾을 때 기억 속에 있는 지표를 기준으로 좌측, 우측의 거리를 대충 잡습니다. 그러니 도시에서는 그걸로 설명이 가능하지만, 정글에서는 나무가 그놈이 그놈인데 설명으로 나무를 특정하는 데 한계가 있으니까요."

"끄응……."

하지만 노형진은 그 기억을 보고 그 정확한 형태를 알고 또 그걸 추적할 수 있다.

그러니 직접 가서 그 나무를 보고 정확한 위치를 잡을 수 있다.

"자네가 어쩔 수 없이 위험한 짓을 해야 하는군."

"어쩔 수 없지요."

"솔직히 그건 변호사 노릇하고는 좀 많이 멀어 보이는데?"

송정한은 걱정스럽게 말했다.

인질에 대한 협상과 돈을 나르는 것은 알겠는데 이제는 군사작전이라니.

그건 변호사가 할 일이 아니다.

"변호사 아니라 인간 노형진이 하는 일이라고 해 두죠, 뭐."

노형진은 어깨를 으쓱하면서 그렇게 말할 수밖에 없었다.

⚖️

"여기서부터 시작입니다."

노형진은 협상이 벌어진 곳에서 상당히 떨어진 정글의 입구에 서서 말했다.

'확실해.'

오늘을 위해 수십 번이나 그 기억을 읽으면서 지형지물을 기억하고 또 기억했다. 그래서 눈앞에 있는 나무를 확실하게 알아볼 수 있었다.

"확실한 겁니까?"

노형진의 경호를 담당하게 된 존은 확실하게 하기 위해 되물었다.

그는 한국인이었지만 한국 국적을 버리고 외인부대에 들어갔으며 그곳에서 블랙스카이로 스카우트되었다.

그는 과거 자신은 죽었으니 그저 존이라고 불러 달라고 했다.

"확실합니다."

존이 고개를 끄덕거리자 다들 천천히 정글 속으로 들어갔다.

"살다 살다 당신처럼 간땡이가 부은 변호사는 처음 봤습니다."

"뭐, 사람마다 다 이유가 있는 법이지요. 당신도 그렇지 않습니까?"

존은 히죽 웃었다.

맞는 말이다.

멀쩡한 집에서 사랑 잘 받고 자란 사람이 갑자기 한국을 떠나서 프랑스 국적을 따겠다고 외인부대에 들어갈 리도 없거니와, 그것도 부족해서 아예 자신을 죽은 것으로 하고 활동할 리는 더더군다나 없다.

그럼에도 불구하고 존은 그 부분에 대해 말하지 않았다.

"그렇기는 하죠."

그는 더 이상 묻지 않았다.

이는 외인부대의 특성 중 하나다. 묻지 않는다.

어차피 과거가 좋아서 떠난 놈은 없다. 찌질하게 가난해서 그게 싫어서 온 것이든, 아니면 내전으로 얼룩진 자신의 나라가 싫어서 온 것이든, 그냥 싸움이 좋아서 온 것이든 결국 과거는 과거일 뿐이다.

"이대로 얼마나 움직이면 되나요?"

"30분…… 아니, 15분."

"네?"

"10분일 수도 있고요."

"헐."

애매하지만 어쩔 수가 없다.

눈이 가려진 나연수가 강제로 끌려 올 때의 기억이 기준이기 때문이다.

그에 반해 자신은, 정글에 익숙하지 않다고 하지만 스스로 멀쩡하게 걸을 수 있는 사람이다.

"제가 가자고 하는 쪽으로 가면 됩니다."

노형진의 말에 다들 아무런 말도 하지 않았다.

대화할 이유도, 대화해서 남의 이목을 끌 이유도 없다. 혹시나 숨어 있는 정찰병이 있을 수도 있기 때문이다.

'다행히 정찰병은 없는 모양인데.'

현지 경찰의 비호를 받고 있기 때문인지 그들은 주변을 제외하고는 장거리에 정찰병을 세우지는 않았다. 그래서 그 길을 찾아가는 것은 위험한 것은 아니었다.

다만 나무가 그놈이 그놈인지라 노형진이 몇 번 헷갈리는 경우가 있었지만 말이다.

"후우, 여기입니다."

노형진은 마지막으로 확실하게 알 수 있는 지표에 도달하자 한숨을 쉬면서 말했다.

번개를 맞고 죽어서 하얀색으로 탈색되어 버린 나무였다.

"이 안으로 200미터만 들어가면 캠프입니다. 그리고 이 나무를 기준으로 정찰병들이 안쪽으로 배치되어 있을 겁니다."

메디슨은 기가 막히다는 얼굴이 되었다.

"내부에 정보원이라도 있는 겁니까? 미군도 모르는 걸……."

"그런 셈이지요."

"뭐, 그렇다면야. 그런데 교전이 벌어지면 정보원이 위험해질 텐데요?"

"이미 빠져나갔습니다."

메디슨은 고개를 끄덕거렸다.

그렇다면 인정사정 볼 필요가 없다.

"그러면 여기서 인질을 제외하고는 죽어도 상관이 없다는 말이지요?"

"네."

그러자 몇몇이 히죽 웃으면서 총을 들었다.

'미친놈들.'

저들은 말 그대로 살인이 즐거워서 들어온 자들이다. 그러니 이런 기회를 놓칠 리 없다.

'어찌 보면 당연한 건데.'

놈들을 죽여도 불만을 제기할 사람은 없다.

놈들은 납치범이고 사회악이다.

놈들에게 비호를 제공하는 자들은 돈을 받고 있지만 드러낼 수 없다.

그들을 죽였다고 자신들에게 보복할 수도 없다. 그저 돈줄이 없어졌다고 속이 쓰려 할 수밖에.

"존."

메디슨은 존을 보면서 고개를 까딱했다. 그러자 존은 등에 메고 있던 소총을 하나 던졌다.

"K2 소총입니다. 익숙하죠?"

"이건 또 어디서 구한 겁니까?"

존은 히죽 웃었다. 그리고 노형진도 쓸데없는 질문이라는 사실을 알아차렸다.

자기가 원하는 무기 하나 못 구해 줄 정도로 블랙스카이가 무능하지는 않다.

"변호사님을 위해 특별 주문한 겁니다. 이거 쓰는 사람은 없거든요."

자신의 소총을 들어서 흔드는 존.

하긴, 한국인인 그가 안 쓸 정도면 누가 쓰겠는가?

"가스 조리개가 지랄 같아서요."

"하."

한국군의 소총인 K2는 성능이 아주 뛰어난 건 아니지만 그렇다고 아주 나쁜 것도 아니다. 적당한 가격에 적당한 성능이라고 할 수 있다.

문제는 저 가스 조리개.

고정식이 아니라서 심심하면 빠져서 사라지는데, 그게 사라지면 총은 무용지물이 된다. 마치 1차대전 당시에 단발식 장전 소총처럼 당겨서 한 발 쏘고 당겨서 또 한 발 쏴야 한다.

그래서 특수부대에서는 그다지 좋아하지 않는다.

전투 중에 그걸 어떻게 간수한단 말인가?

"일단 테이프로 고정해 놨으니 오늘은 잃어버리지는 않을 겁니다."

역시 한국인이라서인지 대응법을 알고 있는 존 덕분에 다행히 이번에는 잃어버릴 걱정은 안 해도 될 것 같았다.

"그런데 저 샌님이 총은 쏠 줄 아나?"

"쏠 줄 알겠지. 한국인은 죄다 병역을 치른다잖아?"

"쏠 줄 안다고 다야? 사람이나 죽여 봤겠어?"

히죽 웃는 사람들.

그들의 입장에서는 노형진이 그저 샌님일 뿐일 것이다.

하지만 애석하게도 노형진은 살인 경험이 있었다.

"두 번. 한 번은 권총으로, 한 번은 때려서."

"헐."

"이야, 이거 샌님이 아니라 물건일세?"

노형진의 말에 의외라는 시선을 보내는 팀원들.

"원해서 그런 게 아닙니다."

두 번 다 자신을 죽이려고 한 킬러였다.

처음에는 권총으로 사살했고, 나중에는 격투하다가 잘못 때려서 죽었다.

첫 번째 놈은 전문 킬러였는데 노형진에게 권총이 있는 걸 모르고 방심하다가 죽은 것이고, 다른 놈은 노형진의 목에 갱단의 현상금이 걸리자 다짜고짜 달려들었던 마약중독자였는데 하필이면 머리를 탁자에 부딪치는 바람에 죽은 것이다.

다행히도 둘 다 정당방위로 처벌은 받지 않았지만.

'그다지 좋은 기분은 아니었지.'

노형진은 그렇게 생각하면서 능숙하게 탄창을 확인했다.

"테이프 남은 거 있으면 주십시오."

그리고 그걸로 탄창을 꺼내서 서로 뒤집어서 묶어 놨다.

이렇게 하면 교전 중에 탄창의 교환이 빨라지기 때문이다.

"이 양반, 본격적인데."

"상대방 목숨보다는 내 목숨이 중요하니까요."

다들 히죽 웃었다. 마음에 든다는 뜻이었다.

메디슨은 그런 그들을 무시하면서 앞으로 나아가더니 한참 지나서 다시 슬며시 나타났다.

"초소는 네 곳이다. 전형적인 방어 구조이고, 외곽에 간단하게 막기 위한 벽이 있지만 수류탄 투척 후 돌입하면 문제가 안 될 거야. 지금은 늦게 도착했고 또 다들 체력을 보충해야 하니 새벽에 기습한다. 샘과 카를이 한 개씩 초소를 정리한다. 할 수 있지?"

두 사람이 고개를 끄덕거려다.

"그러면 나머지는 사방에서 조여들어 간다."

노형진은 얼굴을 찌푸렸다.

"그건 사살 모드 아닌가요?"

"그런데요?"

"우리는 구출 작전을 하는 거 아닌가요?"

"그렇지요."

"그렇게 되면 몰린 적들이 가운데로 집중됩니다."

문제는 인질이 갇혀 있는 곳이 바로 중심의 헛간처럼 생긴 감옥이라는 것.

그곳이 방탄이 될 리는 만무하니 그곳에서 교전하게 되면 당연히 총알이 안으로 들어갈 것이다. 총알에는 눈이 안 달렸으니.

"그러면 사상자가 생길 수 있습니다."

다들 뭐 어떠냐는 표정이었다.

'안 따라왔으면 큰일 날 뻔했네, 씨발.'

실력은 좋은데 미친놈들인지라 인질의 사정을 봐줄 리 없으니 모조리 죽이겠다고 덤볐을 것이다.

"그렇게 되면 최악의 경우 녀석들이 인질극을 벌일 수도 있고 사람들을 처형할 수도 있습니다."

꺼내서 쏠 필요도 없다. 그냥 헛간에 수류탄 하나만 던져 넣으면 끝이다.

"그래서요?"

"그들을 빼내서 싸워야지요."

"우리 타입은 아닌데?"

"돈은 타입 안 따라갑니다."

"뭐, 틀린 말은 아니네. 그러면 당신이 작전 좀 짜 봐요."

"일단 초소는 놔두죠."

"뭐라고요?"

이런 작전을 하는 데 가장 방해되는 것이 초소다. 그런데 초소를 놔두다니?

"제 작전은 이렇습니다."

노형진은 천천히 작전을 설명했다.

⚖

"후아암."

동쪽의 초소를 담당하고 있던 조직원은 졸리다는 듯 입을
쩍 벌렸다.

"하필이면 이 시간에 걸리다니."

"제일 졸린 때인데."

"그냥 자면 안 되나?"

"그러다가 보스한테 걸리면 무슨 소리를 들으려고?"

그들은 툴툴거렸다.

가장 졸린 시간에 이렇게 근무가 떨어지다니, 짜증이 난
것이다.

"씨발, 이 시간에 누가 여기를 기어들어 와?"

밤의 정글은 위험하다. 자신들조차도 밤의 정글은 다니려
고 하지 않는다.

외부에 나가 있는 조직원들도 내일에나 들어올 것이다.

"하긴."

그들은 키득거리면서 주변을 바라보았다.

사실 숲속에 있는 초소이다 보니 서치라이트 같은 것은 없다.

이 야밤에 서치라이트를 켜 두면 '여기 아지트 있습니다.'
라고 광고하는 것이기에 철저하게 위장된 곳이 아니고서야
불을 켜는 것은 금지였다.

"아, 지겹다. 그냥 내려가서 한 년씩 맛보고 오면 안 되나?"

"이따가 근무 끝나고 어때?"

"그럴까?"

히죽거리면서 웃는 그들.

근무할 생각보다는 이따가 있을 일에 대해 떠들면서 즐거워하는 그들이었지만, 낯선 소리는 그들의 상념을 깨기 충분했다.

와지직!

나무가 부서지는 소리가 나면서 뭔가가 숲에서 굴러떨어진 것이다.

"어?"

"뭐야?"

순간 당황한 시선으로 그쪽을 바라본 조직원들은 어이가 없었다.

거기에는 총을 든 남자가 당황한 얼굴로 서 있었기 때문이다.

"너 뭐야!"

그들이 당황해서 외치는 순간 남자는 재빨리 숲으로 몸을 날렸다.

그리고 그게 의미하는 것은 뻔했다.

"적이다!"

땡땡땡땡!

요란하게 외치는 고함 소리. 비상을 울리는 사이렌 소리.

초소로 몇 발의 총알이 날아왔지만 상대방은 도망가는 중인지 스치듯 지나갈 뿐이었다.

"적이다!"

"습격이다!"

고함에 우르르 몰려든 녀석들.

그 녀석들은 제대로 옷도 입지 못한 채로 손에 총과 무기만 들고 황급하게 튀어나왔다.

"어디야!"

"적은 어디냐!"

"여기야!"

마구 손을 흔들어서 위치를 알려 주는 경비들.

그러자 그들은 황급하게 그쪽으로 내달렸다.

탕탕탕!

몇 발의 총성이 들렸지만 총은 스치지도 못하고 획획 지나갈 뿐이었다.

"뭐야? 총도 쏠 줄 모르는 녀석들이잖아?"

나중에는 아예 대놓고 드르륵 갈기는데도 맞는 총알이 없었다.

처음에는 총소리에 움찔하던 녀석도 맞는 총알이 없자 상대방이 완전히 초보라고 생각하고는 그쪽으로 냅다 공격을 하면서 뛰어가기 시작했다.

"죽여!"

"죽여라!"

탕탕탕!

연속해서 터지는 총소리.

그 와중에 누군가가 손전등으로 총소리가 나는 쪽을 비췄다. 그러자 한 남자가 총을 들고 서 있는 모습이 드러났다.

"저기 있다!"

그 말을 알아들은 듯, 총을 든 남자는 당황하여 두리번거리더니 냅다 총을 버리고는 숲으로 뛰기 시작했다.

"잡아라!"

"죽여 버려!"

자신들에게 총을 쐈다는 사실에 분노한 자들은 그쪽으로 뛰기 시작했다.

"멈춰!"

"함정일 수도 있어!"

몇몇 사람들이 그들을 말렸다.

그래도 나름 전략이 있는 자들인 모양이었다.

"함정?"

"여기까지 온 녀석들이 총을 버리고 도망간다는 게 말이나 돼?"

"그런가?"

다들 멈칫하는 그 순간이었다.

쾅!

엄청난 폭음과 함께 초소의 아래 기둥 중 두 개가 터져 나갔다.

"끼아악!"

그 폭발에 휘말린 녀석들이 비명을 지르면서 나가떨어졌다.

다행히 휘말리지 않은 녀석들도 있었지만, 그 녀석들의 삶도 길지는 않았다.

"으아아!"

처절한 비명.

다리가 모조리 날아간 것도 아니고 옆의 두 개만 날아간 덕분에 무게를 이기지 못한 초소가 넘어가면서 경계선에 서 있던 녀석들을 깔아뭉갠 것이다.

"뭐야!"

"함정이다!"

황급하게 돌아가려고 하는 납치범들. 그러나 이미 무너진 초소가 입구를 막고 있었다.

그리고 그들이 모이는 순간, 그들의 양옆에서 폭발음이 터져 나왔다.

쾅! 쾅! 쾅! 쾅!

한 번이 아니라 네 번의 폭발.

테러범들은 정확히 그 폭발 범위 안에 있었다.

"끄아악!"

"아악!"

앞과 옆에서 터진 것은 단순 폭탄이 아니라 클레이모어였다. 당황해서 모여든 녀석들을 직격으로 덮친 것이다.

"끄아악!"

클레이모어가 쏜 엄청난 쇠구슬에 맞는 자들은 너덜너덜
해졌다.

정확한 위치에 설치된 게 아니라서 반대편에 있는 자들도
있었지만, 의미는 없었다. 클레이모어는 후폭풍이 어마어마
해서 그 뒤에 있다고 해도 멀쩡할 수는 없기 때문이다.

"끄아악!"

"아악!"

정신을 못 차리는 납치범들에게 뒤이어 총알이 날아들었
고, 처절한 비명이 터져 나왔다.

그들은 저항할 정신도 없었다.

"적이다!"

"적이 나타났다!"

일부 남아 있던 자들도 황급하게 이쪽으로 몰려왔지만 그
게 실수였다.

퐁!

퐁!

지금까지와는 전혀 다른 소리. 그리고 포물선을 그리면서
하늘을 날아가는 무언가.

그게 쓰러진 초소 너머로 떨어지는 순간, 지옥도가 펼쳐졌다.

쾅! 쾅!

"끄아악!"

유탄 발사기였다.

입구가 막혀 있다는 사실에 당황해서 어쩔 줄 몰라 하던 자들은 하늘에서 뭔가 떨어질 거라 생각하지 못했기 때문에 그대로 유탄에 쓸려 갔다.

그리고 그 반대쪽에서 메디슨은 기가 막히다는 듯 그 장면을 바라보고 있었다.

"멋진 작전이군. 우리는 기습만 생각했는데."

"인간의 본능의 문제죠."

노형진은 씁쓸하게 말했다.

초소는 인간에게 심리적 안정을 준다. 경계하고 있다는 느낌.

그리고 습격자에게는 위협이 된다는 느낌도 준다.

"즉, 초소는 심리적 경계선에 서 있는 겁니다."

이쪽에서 공격하려다가 도망가면 그들 중 상당수는 추격하려고 할 것이다.

"하지만 어디에나 상대적으로 경계심이 심한 놈이 있지요."

그 녀석은 초소를 기준으로 경계심이 발동할 것이고, 함정이라고 생각할 것이다. 그리고 경고가 이루어지는 순간, 녀석들은 그 자리에서 멈출 수밖에 없다.

그러니 그때에 맞춰서 미리 설치한 폭탄으로 탑을 쓰러트리면 경비 탑은 천연의 벽이자 문이 된다.

"그 후에는 고정 표적이죠."

그들이 멈출 자리를 대략 알고 있으니 클레이모어를 설치하는 것은 일도 아니다. 그다음 수순으로 당연히 그 안에 있는 녀석들은 벌집이 될 수밖에.

물론 앞에 있는 놈들이 막아 줘서 안쪽에 있는 놈들은 상대적으로 멀쩡할 수도 있다.

하지만 클레이모어가 네 개나 터졌는데 멀쩡할 수는 없다.

진짜 아무리 운이 좋아서 주위에 있는 놈들이 방패가 되어 쇠구슬을 한 발도 안 맞았다고 해도, 그 정도면 고막이 나간다. 그리고 고막이 나가면 제대로 방향도 잡지 못한다.

"그 후에는 유탄이라."

뭔 일이 터졌으니 다들 그쪽으로 몰려가는 것은 당연지사.

당연히 무너진 탑을 넘어가 보기 위해 뭉칠 테고, 그 위에 유탄이 떨어지면 그들이 할 수 있는 건 없다.

"남은 건 저놈들뿐인가?"

카를은 히죽 웃었다.

그 와중에 남은 것은 소수의 늦게 나온 녀석들뿐이었고, 대부분은 우왕좌왕하고 있었다.

"이번 싸움은 하품이 나오는군."

그는 자신의 소총을 들고는 히죽 웃으면서 산을 내려갔다.

이제 남은 것은 우왕좌왕하는 녀석들에 대한 정리뿐이다.

누군가가 가운데에 있는 창고에 접근하면 이미 무너지지 않은 다른 초소 탑을 점거하고 있는 팀원들이 저격할 테니 남은 것은 살아남은 자들의 사냥뿐이다.

노형진은 그들이 내려가는 것을 보며 한숨을 쉬면서 자신의 손을 내려다보았다.

"이 손에 묻은 피를 어쩔 건지."

처절한 비명에 노형진은 그저 자신의 손을 물끄러미 바라
보다가 자신의 소총을 들었다.

"피가 필요하다면…… 누군가는 묻혀야지."

그는 이를 악물었다.

"잭팟이네."

싸움이 끝났을 때 가운데 있는 감옥에서 꺼낸 것은 무려
쉰 명이 넘는 사람들이었다.

그들은 공포에 벌벌 떨었지만, 한편으로는 안도의 표정도
보였다.

"국적도 다양하군."

메디슨은 어이가 없는 듯 말했다.

"노예가 국적이 필요하겠습니까? 예쁘면 장땡이지."

미국, 영국, 프랑스, 일본, 호주, 베트남, 필리핀…….

그러니까 여행 왔던 각국의 남녀들이 무차별적으로 납치
된 것이다.

"여자는 그렇다고 치고 남자는 뭐요?"

"변태의 세계는 넓고도 험하죠."

"경험해 본 것처럼 말하는군."

노형진이 어색하게 말했다. 얼마 전 있었던 사건이 생각난 것이다.

"경험입니다. 아, 제가 그쪽이라는 건 아니고요."

"그나저나 의외로 멀쩡하군요."

"네?"

"보통 이런 짓거리 하고 나면 대부분 정신이 나가는데 말이지요."

메디슨은 고개를 돌려서 뒤쪽을 바라보았다.

여기저기 보이는 시신들. 그리고 무너진 탑 이쪽에 널려 있는 시신들.

저 너머에는 더 많은 시신이 널려 있는 게 확실한 상황.

이 모든 게 노형진의 결정으로 인해 벌어진 일이다.

"글쎄요."

노형진은 입을 다물었다.

확실히 기분이 안 좋은 정도이지, 딱히 정신이 무너질 것 같은 느낌은 들지 않았다.

전에 아무리 정당방위라고 하지만 두 사람을 죽였을 때는 패닉에 빠졌는데 말이다.

'죽음을 경험해서인가?'

한 번은 살해당했고 두 번은 죽어 가는 사람들의 기억을 읽느라고 죽음을 체험했다. 즉, 그는 세 번 죽은 셈이다.

그래서 그런지 타인의 죽음이 노형진을 뒤흔들진 않았다.

"뭐, 자신이 저지른 것에 맞게 환생하겠지요."

"환생론자요?"

"그런 셈입니다."

"난 그럼 개미나 말미잘 같은 걸로 태어나려나?"

"팀장이? 세균으로 태어나도 다행이오."

낄낄거리는 팀원들.

그들은 농담일지 모르지만 노형진은 농담이 아니었다.

"전 사람들을 데리고 돌아가고 싶군요. 저도 뒷수습할 게 많아서요."

"그러시오. 우리도 가야지."

"헤이, 우리도 남아서 정리 좀 하다가 가면 안 될까?"

"폭탄으로 다 처리해서 손맛이 안 나."

히죽거리면서 남겠다는 사람들.

아마도 나중에 돌아오기로 했다는 다른 자들을 노리는 것이리라.

"마음대로 해. 그런 놈들에게 당하지는 않을 것 같으니."

메디슨은 간단하게 말했다.

어차피 살려 둬야 나중에 뒤만 구릴 뿐이다. 그러니 깔끔하게 정리하는 게 좋다.

"존, 다른 사람들 데리고 나가. 난 이 녀석들과 남겠다."

"그러지요."

존은 자신의 무기를 잡고 일어났다.

노형진은 그런 존에게 다가가려다가 문득 고개를 돌려서 메디슨을 바라보았다.

"같이 싸웠으니 전우라고 볼 수도 있겠지요?"

"뭐요?"

"그렇다면 내 말을 들어주실 수 있습니까?"

"그러지요."

노형진은 그들을 물끄러미 바라보았다.

미친놈이기는 하지만 또 반대로 더 미친 놈을 처리하기 위한 필요악이기도 했다.

한 번의 실수, 아니 함정에 빠져서 결국 팽당했지만.

"내년 2월쯤 미국에서 소말리아 파견 요청이 올 겁니다. 주요 목적은 게릴라 마을 소탕."

눈을 꿈틀하는 메디슨. 그런 건 예민한 정보였기 때문이다.

"거절하세요."

"뭐라고?"

"거절하세요. 거기에는 게릴라 따위는 없을 테니까."

"그게 무슨……?"

"토사구팽당합니다."

"토사구팽?"

그게 뭔지 모르는 그들은 고개를 갸웃했다.

"존에게 물어보세요. 알 겁니다. 그리고 그곳에 가면 벌어질 일입니다. 그 이후에도 미국 쪽이랑 선을 끊으세요."

그 사건이 벌어진 이유는 간단하다. 미국이 전 세계에서 벌인 민간인 학살을 뒤집어씌울 대상이 필요했던 것이다.

그게 메디슨의 팀이었다.

그들은 그것도 모르고 민간인 마을을 학살했고, 그게 발각되었다.

발각될 수밖에 없었다.

그리고 전 세계에서 벌어진 다른 민간인 학살의 혐의도 모조리 뒤집어쓴 뒤 사형당했다.

그들은 더러운 것을 너무 많이 알고 있었기 때문이다.

"이상한 소리를 하는군."

"이상한 소리지만 들을 만한 소리지요."

노형진은 그렇게 말하면서 몸을 돌렸다.

이제는 자신의 전쟁터로 갈 시간이었다.

⚖️

"이러면 곤란합니다!"

터키 대사는 사색이 되어서 말했다.

아무리 자신들이 무능력하다고 하지만 설마 한국인이 민간 군사 기업을 고용해서 구출 작전을 할 거라고는 생각도 못 했던 것이다.

"그러면 제대로 일을 하든가요. 그냥 모릅니다 하면서 파티나 쫓아다니면 됩니까?"

"그거야 공식 행사고……."

"무슨 공식 행사가 매일같이 벌어지는지, 그것 참 신기하네요."

"중요한 건 그게 아니잖소!"

"중요한 건 잡혀 있던 사람들이 구출되었다는 거죠."

"그러니까 지금 터키에서 뭐라고 하는지 알아요?"

"압니다. 하지만 터키가 화를 낼 처지던가요?"

"뭐요?"

"그래서 우리한테 불이익을 주겠다고 하던가요?"

"그거야……."

그럴 수밖에 없다.

이번 작전에서 투입된 사람들은 한국인이 아니라 미국 민간 군사 기업 블랙스카이다. 당연히 한국이 아니라 미국에 화를 내야 한다.

그러나 터키가 미국에 화를 낼 정도로 상황이 좋지는 않았다.

내부에서 가지고 온 정보만으로도, 터키의 윗선이 그들을 지원한 증거는 넘쳐 났으니까.

"하지만……."

"하지만이 아니지요. 이참에, 서로 좋은 게 좋은 거 아니겠습니까?"

"좋은 게 좋은 거라니?"

"터키도 인신매매국이라는 오명을 뒤집어쓰고 싶지는 않을 텐데요? 아니면 이 증거를 방송국에 뿌릴까요? 그러면 전 세계가 뭐라고 할까요? 미국이야 뭐, 자국 내 기업이 저지른 거니 곤란할 수도 있지만 유럽이나 호주는 뭐라고 할까요?"

"……."

'이건 뭐, 병신도 아니고.'

이 정도 약점을 잡고도 제대로 일도 처리 못 하는 터키 대사를 보면서 노형진은 혀를 끌끌 찼다.

국영수로 사람을 뽑으니 진짜 외교 전쟁에 어울리는 사람이 나오지 못하는 것이다.

"그래서 어쩌라는 거요?"

"간단합니다. 이 사건은 공식적으로 터키가 승인한 작전이라고 확실하게 못을 박아 두는 거죠."

"뭐?"

"터키가 구출 작전을 승인했는데 무슨 문제가 있겠습니까?"

"그거야……."

터키의 입장에서도 자신들이 납치범들과 연관되었다는 증거가 언론에 나가는 것보다는 그냥 자기들이 구출 작전을 승인했다고 하는 것이 나을 것이다.

물론 자국 내에서 외국 군대를 동원하는 것은 극우 세력에게는 불만이 될 수도 있는 문제이지만, 터키의 특수부대가 상대적으로 약한 것은 사실이고 또 전 세계적으로 적이나 마찬가지인 납치 및 인신매매 기업을 편들어 줄 사람은 없다.

그저 투덜거림으로 끝날 것이다.

'하지만 외부에 공모가 드러나면……'

터키는 여러모로 곤란한 처지가 된다.

"그건 협박인데……"

"원래 그런 게 외교 전쟁입니다."

"그거야……"

"싫으면 방송국으로 가구요. 유럽 방송국은 좋아할 것 같은데. 아, 그리고 그렇게 되면 공식적으로 한국 외교부가 이 사실을 알면서도 감춘 것도 공개될 겁니다."

"그, 그게……. 아, 알았소."

그렇게 되면 터키와 한국의 사이는 극단적으로 틀어질 것이다. 터키 대사의 입장에서는 상당히 곤혹스러운 일이었다.

"그래서 조건이 뭐요?"

"터키는 일단 사전 승인한 것으로 입을 맞출 것. 그리고 정부가 나서서 작전을 진행한 것으로 할 것."

"뭐라고요?"

노형진은 일단 터키 대사를 통해 한국 정부와 협상했다.

처음에는 곤혹스러워하던 한국 정부도 터키 정부가 사전 승인한 것으로 인정하겠다고 하자 갑자기 돌변했다.

"이번 사건은 우리 특전사의 자랑스러운 작전으로서……."

공식적으로 이번 작전을 실행한 것은 대한민국 특전사로 되어 있었다.

현장에서도 팀원들이 다들 마스크를 쓰고 있었으니 구출된 사람들은 그들이 한국인인지 외국인인지 알지 못한다.

그러자 구출된 사람들은 각국으로 돌아가 뉴스에 출연해서 한국 정부에 감사의 인사를 건넸고, 각국 정부도 한국 정부에 감사의 인사를 건넸다.

"끝내주네."

유민택은 청와대를 다녀오면서 실실 웃었다. 현직 대통령에게 극찬을 받은 것이다.

물론 비공식적인 것이다.

이 작전을 실행한 것은 새론과 대룡이지만 공식적으로 그 공적은 모두 대한민국 정부가 가져갔다.

"현 정부에서 가장 신경을 쓰는 것은 다름 아닌 국격이니까요."

현 대통령은 개인 치적에 욕심이 많다.

그런데 전 세계적으로 골칫덩어리 중 하나인 납치·인신매매 조직을 소탕하고 전 세계 각국의 인질들을 구출한 것으로 각국의 극찬과 감사의 인사를 받았다.

"현 대통령이 그 공적을 놓칠 리 없지요."

타 국가에서 감사의 인사를 받는다는 것.

그건 말뿐인 감사가 아니라 추후 협상에서 유리한 고지를 점한다는 뜻이다.

전 세계가 그런데 하물며 한국인을 구하기 위해 과감하게 특공대를 동원한 그를 욕할 세력은 없다.

당연하게도 현 대통령의 지지율은 순식간에 반등했다.

'뭐, 그래 봤자 오래 안 가지만.'

워낙 병신 짓을 많이 해서 말이다.

'그리고 물러나기만 해 봐라.'

일단 정권이 바뀌고 나면 이 사실에 관련된 모든 진실이 심층 취재 형식으로 대중에 공표될 것이다.

"으하하하!"

유민택은 그리고 그걸 무척이나 고마워했다.

"살을 주고 뼈를 취한다더니, 이번에 우리가 쓴물 단물 다 빨아먹겠어!"

자신들의 공적을 통째로 넘긴 행동에 현직 대통령이 유민택을 직접 불러서 치하했다.

돈은 누구에게나 받을 수 있지만 공적을 넘겨주는 사람은 드물기 때문이다.

더군다나 이렇게 전 세계적으로 지지받는 공적을 이뤄 낸 사람은 더욱 드물다.

"전폭적으로 밀어준다고 하더군."

그 말인즉슨 정부에서 필요로 하는 물품 중 대룡이 생산하는 물건을 우선적으로 구매해 준다는 뜻이다. 그 이익은 못해도 200억이 넘는다.

"거기에다 몇 년 후가 더 재미있어지지요."

현 정부가 힘이 빠지고 대통령이 바뀐 후 이 사실이 외부에 드러나면 아마 대룡의 인기는 폭발적으로 늘어날 것이다.

즉, 지금은 대통령을 통해 이득을 얻고, 그때는 언론을 통해 다시 한 번 이득을 얻는다는 계산.

들어간 돈은 2억 정도이지만 총수익은 5천 이상일 것이다.

아니, 이미지 개선까지 생각한다면 1조 이상의 수익이 나는 셈이 된다.

"자네는 천재야."

"그러면 구출된 사람들에 대한 지원 좀 해 주시죠."

"안 그래도 그 부분에 대해서는 명령해 놨네. 우리도 얼굴은 팔아야지."

유민택은 바보가 아니었다.

구출이 외부에 드러났다고 하지만 사실 모든 공적을 정부와 대통령에 헌납해서 얻어먹을 게 없다. 그러자 다른 쪽으로 이미지 개선을 생각한 것이다.

"언제요?"

"자네가 터키 대사 목줄을 쥐고 흔들 때 말이지, 흐흐흐."

자신들이 구출했다는 말은 하지 못하지만 그는 구출된 사람들에 대해 정신적인 치료비를 지원하겠다는 발표를 전격적으로 함으로써 국민들에게 칭찬과 더불어 역시 대룡이라는 이미지 상승효과를 가지고 왔다.

"회장님의 뱃속에도 능구렁이가 백 마리는 있습니다."

"후후후, 자네만 하겠나? 그나저나 이제는 어쩔 건가?"

"글쎄요……."

노형진은 곰곰이 생각했다.

이번 사건은 생각보다 큰 문제를 불러왔다. 물론 외부적으로 드러난 것은 아니다.

"다크 웹 쪽을 좀 더 봐야 할 것 같습니다."

다크 웹에는 너무나 많은 사건이 있다. 그리고 그 피해는 누구도 알지 못한 피해자들이 입고 있었다.

"쉬운 싸움은 아닐세. 절대 이길 수 없는 싸움이야. 인간이 존재하는 한. 그리고 인터넷이 존재하는 한."

"압니다."

개인이 아니라 인간의 지성이 만들어 낸 그림자 다크 웹.

"하지만 누군가는 해야지요. 누군가는 자신의 손에 피를 묻혀야 하니까요."

노형진은 자신의 손을 물끄러미 바라보며 말했다.

그의 눈에는, 손이 마치 피로 얼룩진 듯 붉게 물들어 보였다.

다음 권으로 이어집니다

200평 초대형 24시 만화방

수면실
(침대식) ── 사우나석

다인석 ── 샤워실

세탁기 ── 신간100%

📖 수원 인계동점

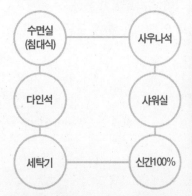

TEL : 031-226-3771
수원시 팔달구 인계동 1041-11 3층 24시 만화방

📖 의정부점

TEL : 031-856-3971
경기도 의정부시 의정부동 197-13 3층

📖 주안점

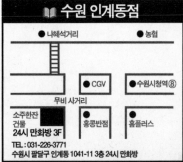

TEL : 032-426-2871
인천광역시 주안남부역 지하상가 4번 출구 GS25시 건물 6층

📖 안양점

TEL : 031-466-3771
경기도 안양시 안양동 674-163 조이당구장건물 2층

중걸 신무협 장편소설

大唐劍王
대당검왕

무림 최대 보물찾기!
진짜? 가짜? 기연 복불복이 시작되다!

당 말, 우내십일기의 숨겨진 비급을 찾아
온갖 세력들이 용강서원으로 몰려드는 이때
대방파 소부주의 심부름꾼으로 낙점된 삼하보의 연린도
어쩔 수 없이 서원으로 가게 되는데……

어차피 오게 된 것 최선을 다하자!

어렵게 찾은 가짜(?) 비급은 탈취당하지만
매의 눈으로 각파의 무공을 훔쳐 배우고
선한 심성 덕에 영약의 선택까지 받은 연린
과연 그의 소박한 꿈, 가문 부흥은 이뤄질 것인가?

엉망진창 당대唐代 무림의 구원자
일 검으로 시대를 가르다!

김도훈 현대 판타지 장편소설

인챈트로 인생역전!

옷이 안 팔려? 업그레이드하면 되지!
생태계 파괴급 스킬로 패션 시장을 장악하다!

무리한 확장과 경기 불황으로 의류 사업에 실패한 현성
쓴맛을 삼키며 빚뿐인 앞날을 고민하던 그때
물려받은 골동품에서 우연히 얻은 능력, 인챈트!

인챈트에 성공합니다. 티셔츠의 성능이 향상됩니다.

의류, 가죽, 금속! 손에만 걸리면 등급 업!
대기업의 견제와 갑질을 뚫고 승승장구하는 사업!

한국 경제를 뒤흔들 사업가의 등장!
패션계를 다시 쓸 『인챈트』 스토리가 시작된다!

소울
SOUL SYNERGY
시너지

구현 현대 판타지 장편소설

이성과 경험의 정문현, 본능과 감의 이영호
두 영혼의 초월적인 시너지로 불합리한 세상에 맞서다!

무역회사 중역으로 살다가 암 투병 중 사망한 정문현,
목적 없이 살던 고아, 이영호의 몸속으로 들어갔다!
뭐? 둘의 영혼이 저승의 실수로 합쳐진 거라고?

한 개의 영혼, 두 개의 기억
저승사자의 사과 선물로 받은 수상한 인벤토리로
소박해도 좋으니 행복하게만 살자고 다짐하는데……

고아원 원장부터 경찰들까지,
나한테 왜 이렇게 갑질을 해 대는 거야?

'평범'을 지향하는 이영호의
세상의 갑질을 향한 기상천외 사이다 원 샷!